この物語を君
I dedicate this story to you.
森 日向
Illust
雪丸ぬん
JN019519

「何してんだよ……」

悠人は心臓がどくどくと
脈打つのを感じながら、
欄干に立つ琴葉に問う。

「何って、これがわたしの答えですよ」

実際に飛び降りてみてくれって言われたらどうする？

そんな悠人の問いに対する琴葉の答え。

「ばか、すぐに降りろ！

岩場だってあるし、
打ちどころが悪かったら――」

「大丈夫ですよ」

琴葉が夕日を背ににこりと笑う。
「もし本当に
小説を書いてくれるなら、
わたしは命だって懸けられます」

夏《なつ》目《め》琴《こと》葉《は》
高校1年生。
悠人の持つ文才に気付き、
自称〝編集者〟として悠人の前に現れる。
樋《ひ》川《かわ》翔《しょう》子《こ》
演劇部の副部長。
渡《わた》辺《なべ》亮《りょう》太《た》
演劇部の部長。

稲《いな》村《むら》果《か》穂《ほ》
音羽出版で働く、
悠人の担当編集。
柊《ひいらぎ》遥《はる》香《か》
悠人の妹。ある出来事をきっかけに、
車椅子での生活を送っている。
柊《ひいらぎ》悠《ゆう》人《と》
（ペンネーム：冬《ふゆ》月《つき》春《はる》彦《ひこ》）
高校3年生。中学1年生の時に
小説新人賞を受賞した、〝元〟天才作家。
中学3年生の時に筆を折り、以来自分の
正体は隠していた筈だったが……？

「こうして話してると、アレですね、先輩」

隣に座る琴葉が、何やらもじもじしながら言う。

「何だよ。変なこと言うなよ?」

「変なことじゃないですよ。ただ……」

「ただ?」

「なんかこう……」

「なんかこう?」

「恥ずかしいですね」

「……ああ」

それからも打ち合わせは続いた。

二人きりで肩を寄せ合いながら、
ただひたすらに一つの物語を創り上げていく。

目次

この物語を君に捧ぐ

森 日向

講談社ラノベ文庫

口絵・本文イラスト／雪丸ぬん
デザイン／ムシカゴグラフィクス

第一章　編集者・夏目《なつめ》琴葉《ことは》

教室の白いカーテンが、夏の風に揺れていた。

午前で定期考査が終わり、下校時間になっていた。試験が終わった解放感からだろう、教室の空気はゆるんでいた。

友人と他愛ない会話をしながら楽しげに教室を後にしていく者もいたし、のんきにグループ数名で弁当を広げて午後からの遊びの計画を話している者もいた。

悠人《ゆうと》もまた、その穏やかな空気の中でぼうっとしていた。

何か用事があるわけではなく、ただ下校時の混雑を避けたいだけだ。

特に親しい友人がいるわけでもないから、話しかけてくる者もいない。

長い坂を上って登校し、静かに授業を受け、部活に精を出す生徒たちを尻目に帰宅する――岐阜県にあるこの進学校に入学して以来、二年と三ヵ月続く日常だ。

あと半年と少しもすれば、この日常も終わる。

そうして大学に入れば、もっと人間関係が希薄で、自由な日常が訪れるのだろう。

「何読んでるのー？」

「ああ、これ？」

悠人の近くの席で、二人の女子生徒が話をしているのが耳に入ってくる。

特に気にも留めなかった。

けれど、聞こえてきた本のタイトルが、悠人の心にさざ波を立てた。

「――だよ」

胸の奥を黒く塗りつぶされるような、嫌な感覚。

ここしばらく忘れていたその感覚を、悠人はぐっと抑え込んだ。

それが心臓からあふれ出て身体中《からだじゅう》を塗りつぶしてしまわないように、目を瞑《つぶ》り、浅くなった呼吸を取り戻そうとする。

「ああ、それ知ってるー。何年か前に話題になったよねー」

けれど、間延びした声が悠人の耳を打つ。

聞くな、聞くな。

「そうそう。天才中学生作家、って」

「最近、全然聞かなくなったけどー」

「まあ、まぐれ当たりだったんじゃないの」

「あはは、何それー。天才じゃないじゃん。何だっけ、作者の名前」

「えっとね、冬《ふゆ》――」

悠人はそれ以上何も聞かないように机に突っ伏して、彼女たちが去るのを待った。

やがて人の気配が消える。

ようやく顔を上げると、教室にはもう誰一人残っておらず、ただ遠くから聞こえてくる蟬《せみ》の声だけが教室を満たしていた。

小さく安堵《あんど》の息を吐く。

開け放たれた窓に視線を遣《や》ると、校門が見えた。

校門からはアスファルトの坂道が木々の隙間を縫うようにして下へと延び、さらに先に広がる平野には水田が整然と並び、その間を川が走っている。

もっと遠くへと目を遣れば、深い緑の山々がある。

これまで高校で過ごした二年と三ヵ月、毎日のように眺め続けてきた景色だ。

このまま、この平穏な日常を続けよう。

ほどほどに勉強して、そこそこの大学に行って、だらだらと大学生活を送って、定時上がりできる会社に就職して、これといった成果を挙げることも、大きな失敗をすることもなく、波風の立たない、そんなどこまでも、どこまでも、起伏のない日々が続けばいい。

誰の記憶にも残らないような、そんな人生を送りたい。

身を焦がすような、心を焼き切るような、そんな情熱はいらない。

けれど、風はいつも突然に吹きぬける。

「柊《ひいらぎ》、悠人、先輩」

ごう、という音とともにカーテンが舞い上がる。

教卓に積まれていたプリントが勢いよく吹き飛ばされる。

誰かの机上の参考書がバラバラと捲《まく》れていく。

悠人は名前を呼ばれて前を向いた。

そして見る。

机を挟んだ目の前で、不敵な笑顔を浮かべてこちらを見つめる女子生徒を。

肩より少し下の辺りで切りそろえられたロングボブが風に揺れる。その髪は色素がやや薄く、太陽の光を柔らかに反射していた。夏服から伸びた華奢《きゃしゃ》な腕と脚は眩《まぶ》しいほどに白い。けれど何よりそのきらきらした瞳に、悠人は思わず見入った。

「誰だ、君」

「夏目琴葉」

にやりと彼女は笑う。

「あなたの担当編集をさせてください、柊先輩」

「は？」

夏の暑気を乗せた風が、もう一度、強く吹いた。

彼女は風に弄ばれる髪を押さえることもせず、悠人の目をじっと見つめて言った。

「書いてください。あなたの、小説を」

あまりに唐突で、意味が分からなかった。

見知らぬ女の子の言葉に混乱しつつ、たっぷり五秒は待ってから悠人は口を開いた。

「断る」

それが、柊悠人と、夏目琴葉の出会いであった。


玄関のドアを開けると、八畳一間の畳の匂いをはらんだ熱気が悠人の身体にまとわりついた。

妻面《つまめん》の窓から夕日が差し込んでいる。

部屋の中央には長方形のローテーブルが置かれていて、その上には昨夜使っていた参考書とノートが広げっぱなしになっていた。

壁際にはカラーボックスが二つ。中には教科書や参考書などが詰め込まれており、いちばん下の段には黒い箱が本と一緒に押し込まれていた。他には衣装ケースがある程度で、面白みもない部屋だった。

「暑い……」

悠人は部屋に入ると、コンビニ弁当の入ったポリ袋をテーブルに置き、それから南向きの掃き出し窓を開けた。

水の静けさを含んだ涼やかな風が抜ける。

目の前には、夕日に照らされて輝く木曽川《きそがわ》が流れている。

川幅は二百メートルほどもあり、その流れは人が歩むように穏やかだ。水深の浅いところには数羽《すうわ》の白鷺《しらさぎ》が立ち、魚を狙っている。少し下流に目を遣ると、観光客向けの川下りの船が浮いていた。

築二十年、木造アパート三階、八畳の1K、学校から自転車で十五分。

柊悠人は入学当初から、名古屋《なごや》の親元を離れてひとり暮らしをしてきた。

そうしたのには前向きな理由があったからではない。

ただ、逃げ出したかったのだ。

――あの出来事にまつわる全てから。

悠人は深く息を吐いた。

脳裏には、三年前、悠人がまだ中学生だったときの記憶が浮かんでいる。

自分自身の無能に絶望した、あの出来事が。

何より好きだった創作を忌避するようになった、あの出来事が。

悠人は首を振って、心にこびりついたものを振り払う。

代わりに、今日の教室での出来事を思い出した。

「何だったんだ、あいつ」

突然教室に現れて、担当編集だの小説を書けだのと言い放った、夏目琴葉という女子生徒。リボンの色からすると一年生だったが、三年生の教室に堂々と乗り込んできたことといい、上級生の自分に対してまったく物怖《ものお》じしない態度といい、ただ者ではない。

「何が、小説だ」

悠人は吐き捨てるように言う。

あの後、夏目琴葉と名乗った女子生徒と悠人は「書いてください」「嫌だ」「どうして」「どうしても」という子どものような問答をし、結局、業を煮やした悠人が会話を打ち切ってその場を去った。後輩の女の子から逃げるというのは妙に悔しかったが。

あれから半日経《た》つが、ずっとそのときの記憶に苛《さいな》まれていた。

『あなたの担当編集をさせてください』

耳には彼女の自信に満ちた言葉が残響している。

目を瞑れば、彼女の不敵な笑顔が浮かぶ。

「どうして」

小説を書けなどと、彼女は言ったのだろうか。

まさか、知られた？

背中に冷や汗が滲《にじ》む。

再びあの頃の記憶が頭を支配しそうになって、悠人は大きく息を吐いた。

そんなはずはない。大丈夫だ。

高校に入ってから、誰にも話したことはないのだから。

それに、もうほとんど世間の話題に上ることもなくなった。

自分が最後に書いた作品が出版されてからもう三年近く経っているのだ。

それは人々の記憶から消えるのに十分な時間ではないか。

と、そのとき、スマホのバイブレーションが悠人の意識を引き戻した。

液晶に表示された相手の名前を見て、悠人は出るかどうか迷った。

だが、いくら待っても切れる気配がないので、諦めて通話ボタンを押す。

「はい」

「音羽《おとわ》出版の稲村《いなむら》です」

大人びた女性の声が、スピーカーを通して悠人の耳を打つ。

声の主は、悠人の返事を待たずに言葉を続ける。

「冬月《ふゆつき》先生、ご無沙汰してます」

悠人は聞こえぬようため息をついた。

否応《いやおう》なしに脳裏に当時の記憶が蘇《よみがえ》ってくる。

冬月春彦《はるひこ》——そんな筆名で悠人は五年前に作家として華々しくデビューした。

当時はそれなりに騒がれた。

何しろ小説の新人賞の大賞に中学一年生の少年が選ばれたのだから。

そのときについた担当編集が稲村だった。

受賞作が刊行されたあと、悠人は他の出版社からもオファーを受けて幾人かの編集者と仕事をするようになった。何作も本を出し、大ヒットとまではいかないものの、そこそこの売り上げを記録した。

けれど今から三年前、悠人が中学三年生になった頃に潮目が変わった。

『冬月さん、残念ですけどこの企画は通らないと思います』

『冬月先生、申し訳ないんですけど、ちょっとこの原稿では刊行できません』

『冬月さん、改稿までしてもらったのにすみませんが、クオリティが……』

当時付き合いのあった編集者たちから投げかけられた言葉が、胸の奥で蠢《うごめ》く。

稲村以外の編集者たちが離れていく中、悠人はどうやって小説を書いたらいいのか分からなくなってしまった。それまではいくらでも物語を紡げていたというのに。

悠人は自らの書く力に——才能に、限界があることを思い知らされた。

「冬月先生？」

そんな呼びかけに、過去の記憶に囚《とら》われていた悠人ははっとなった。

どくどくと脈打つ心臓を落ち着けるため、稲村に聞こえないように何度か深呼吸してから口を開く。

「……ご無沙汰どころか、消えた作家にこんなに連絡してくるの、稲村さんくらいですよ。それと、冬月はやめてくださいって、前に言いましたよね」

「ごめんなさい」

稲村は謝罪し、それから悠人の名を呼ぶ。

「……柊君」

その躊躇《ためら》いがちな呼びかけは、悠人の未来をまだ信じている稲村果穂《かほ》の苦悩そのものであった。

かつての天才作家・冬月春彦の次の作品を信じる、担当編集としての。

他の編集者たちが離れていく中で、彼女だけは悠人のことを諦めようとしなかった。

「……すみません」

期待を裏切っているような罪悪感にとらわれて、悠人は謝った。

心の奥底で、もう期待しないでくれと思いながら。

「今日はどういった件でしょうか。新作のことなら、前も言いましたけど、もう――」

「ああ、違うの。今日は、郵便を送ったから、その連絡を」

「郵便？」

悠人が玄関のドアまで行ってポストを開けると、そこには定形封筒より少し大きいくらいの茶色の包みが入っていた。差出人は稲村と書かれている。

「ああ、ありました。何ですか、これ？」

「最近届いたファンレター」

悠人は包みを手にしたまま、立ち尽くした。

「柊君？」

「ありがとうございます。でも、わざわざ送ってくれなくてもよかったのに」

「でも……。柊君のことを待ってる人もいるんだって、知って欲しくて」

余計なお世話だ――そう言いそうになって、悠人は口をつぐんだ。

稲村は悠人のことを思ってしてくれたのだ。それを強い言葉で撥《は》ねつけるのは、あまりに失礼だろう。そう考える分別がある程度に、悠人は大人だった。あるいは、三年前の経験がそうさせているのかもしれない。

悠人は部屋に戻り、無言でカラーボックス下段の黒い箱に包みを突っ込んだ。

それから、ふと思いついて口を開く。

「稲村さん、ところで、僕のこと、誰にも言ってないですよね」

「柊君のこと？」

稲村の怪訝《けげん》そうな声が聞こえる。

「それって、どういうこと？」

「例えば、僕が、その――小説家の冬月春彦だって、誰かに言ったりしてないですよね」

「するわけないわ」

稲村はきっぱりと答えた。その口調にはほんのわずかだが、怒りの色がある。

「作家さんの個人情報を漏らすなんて、ありえない」

「そうですよね……。すみません、変なこと訊《き》いて」

そう、出版社の人間がそんなことをするなどありえない。

「……何かあったの？」

「いえ、何でもないです」

「そう……？」

納得したわけではないだろうが、稲村はそれ以上は追及してこなかった。

「それじゃあ、柊君、今日は突然ごめんなさい。もし、また書く気になったら、いつでも連絡して。私は待ってるから」

「……はい」

そんな時が来ることはないだろうな――悠人はそう思いながら「失礼します」と電話を

切った。

開いたままの掃き出し窓から、夏にしては少し肌寒いくらいの風が吹き込む。外に目を遣ると、すでに日は落ちて、橋や家屋に灯《とも》された明かりが川面《かわも》をきらきらと美しく輝かせていた。

その輝きは、不思議と夏目琴葉の瞳を思い出させた。


陽気な音楽がスマホから流れ出し、悠人は目を覚ました。

敷布団《しきぶとん》とタオルケットの間からのそのそと這《は》い出《だ》し、テーブルの上で騒がしく鳴るスマホのアラーム停止ボタンを押して音楽を止める。

昨晩はあの後、いつもより遅くまで勉強してしまったせいで、まだ眠い。それでなくとも低血圧で朝は苦手なのだ。

しばらく起きようと努力してみるが二度寝の誘惑に打ち勝てず、タオルケットの上に倒れ込んだ。

やがて意識が遠のきそうになったとき――

ピンポーン、とスマホの音楽よりずっと破壊力の大きな音が鳴った。

びくり、と悠人は身体を起こす。

新聞か何かの勧誘だろうか。

だが、時刻はまだ朝の七時過ぎ。いくらなんでも非常識過ぎる。

居留守を決め込もうとしてタオルケットに潜り込んだ悠人だったが、その直後。

ピンポンピンポンピンポンポンピピピピピピピンポピンポーンピンピンピンピン
ポーンピンピンポーンピンピンポーン
非常識極まりないインターホンの連打が悠人を襲った。

頭にきた悠人は、起き上がり玄関へと向かう。

ピピピピピピピピピピピピピピピピピピピピピピピピピピ——

その間にも、嵐のような連打は収まることを知らない。というよりも、もはやインターホンの応答速度の限界に挑戦するかのような勢いで押されており、そろそろ壊れるのではないか。

「うるさいな！　誰——」

ドアを開けて、悠人は固まった。

「おはようございます、先輩」

「あ、え、おは——えっ？」

悠人は錯乱していた。口からは意味不明な言葉しか出てこない。

目の前の光景が信じられない。

制服を着たロングボブの女の子が、にこやかな表情を浮かべていた。

「あれ？　わたしのこと、忘れちゃいましたか？」

忘れるわけがない。

悠人の人生において、危ないやつランキング断トツの人間だ。今もこうして他を一切寄せ付けずに記録更新中だ。

「な──夏目琴葉」

悠人が呻《うめ》くように言うと、夏目琴葉は嬉《うれ》しそうに笑った。

「よかった、覚えててくれたんですね。しかもフルネーム」

「どうしてうちに……」

悠人は少しずつ冷静さを取り戻していく。

相手のペースに呑《の》まれてはいけない──そう自分に言い聞かせる。

「担当編集として、通学のお迎えにあがりました」

「ああ、そりゃご苦労さま……って、そんな編集者いるかよ！」

しかし決意むなしく、悠人は琴葉にそんな突っ込みを入れてしまう。

「じゃなくて、どうやってうちの場所を知ったんだ」

「それはもちろん、びこ──じゃなくて」

「おい、今、尾行って言おうとしただろ」

「冗談ですよ。先輩の担任の先生に聞いたんです。忘れ物があるから届けたいって言ったら、すぐに教えてもらえました」

悠人は額に手を当てて深くため息をついた。

どうなっているのだ、我が校教員のコンプライアンス意識は。

「それで、忘れ物って？」

「あるわけないじゃないですか。そんなの」

あっけらかんと、と琴葉は笑う。

「おまえな……」

「あるとすれば」

琴葉は急に真顔になって、悠人の言葉を遮るように言う。

「まだいい返事をくれてないことくらいですよね」

「……それは、断ったはずだ。だいたい、担当編集って何だよ。おまえは出版社の人間か何かなのか？」

「出版社の人間かどうかなんて関係ありません！　担当編集に必要なのは熱意です！」

「意味が分からん！」

二人の声が響いたのだろう、少し離れたところで井戸端会議中だった主婦たちが、視線をこちらに向ける。

悠人はそのとき初めて、周囲から見た自分たちの姿を想像し、主婦たちのどこか下世話な視線を感じたところで白旗を揚げた。

「静かにしてくれ。そこの先のコンビニで待ってろ。制服に着替えて行くから」

ここを去れと言っても聞き入れはしないだろう。それどころかまたインターホンの嵐を喰《く》らわされるか、大声でドアを叩《たた》かれるかもしれない。ただでさえ周囲の好奇の視線を誘う高校生のひとり暮らし——ご近所トラブルは避けたかった。

琴葉は目を開き、深く息を吸ったかと思うと、先ほどよりさらに大きな声で「はい！」と応えた。当然、その声は周囲の人たちの興味をさらに引きつける。

「頼む……どうか、静かに……」

悠人は頭を押さえながら部屋の中へと戻った。


「言い忘れてましたが、わたしは編集部の部長なんです」

「編集部？　部長？」

「はい。だから、作家が必要なんです。書いてくれる作家さんがいなかったらお話にならないですよね？」

悠人と琴葉は並んで歩いていた。そこは一車線のアスファルトの道で、左右には田圃《たんぼ》が広がり、緑の稲が風に揺れている。夏の水田に特有の、水と土と草の混じったような匂いが周囲に満ちていた。

朝とはいえ夏の日差しはそれなりに厳しくて、悠人の額には汗が滲んでいた。一方の琴葉は、夏とは思えないほどに白い肌で、汗もほとんどかいていない。悠人だけが自転車を手で押しているせいだろう。悠人の部屋に現れた琴葉が徒歩だったため、やむなく歩いているのだ。自転車で十五分の道のりだから、歩きなら四十分といったところ。恐らく、H《ホーム》R《ルーム》にはぎりぎり間に合う。もちろん、遅刻しそうになったら、琴葉を置いて自転車に乗るつもりだった。

「いや、そもそも編集部って何だよ。どこかの出版社の、ってことか？」

それは半ば馬鹿にするつもりで訊いた質問だったが、琴葉は逆に呆《あき》れたような表情を浮かべて「あはは」と笑う。

「出版社って、わたしまだ高校生ですよ。先輩、何考えてるんですか」

おまえに言われたくない。

悠人はそう思ったが口に出さず、「じゃあ編集部って何だよ」と訊いた。相手のペースに巻き込まれまいとしているはずなのに、何だか少しずつ泥沼に沈んでいっているような気分だった。気のせいだ。きっと。

「部活ですよ。野球部とか、サッカー部とか、美術部とかと同じ並びの」

「文芸部じゃないのか？」

「違います。文芸部の人たちは基本的に自分で作るか、評論するかですよね。わたしの活動は、作家さんの創作を総合的に支えること――要するにプロデューサーなんです」

「『わたしの活動』？　他の部員は？」

その問いに琴葉は一瞬黙った後、強《こわ》ばった笑みを顔に張り付かせてもにょもにょと口を動かす。

「……他の部員なんて、関係ないですよね」

やはりそうか、と悠人は思った。

編集部などという怪しげな部活、入学してからこのかた聞いたこともない。このまま追及して諦めさせよう。

「関係あるだろ。部活として成立させるためには人数が必要なはずだ。それとも何か？　部活ってのは嘘《うそ》なのか？」

悠人の詰問に琴葉はぐっと黙り込み、目を泳がせた。これは急所を突いたなと悠人は内心ほくそ笑んだ。どうやらこれを口実に断ることができそうだ。

「はは、そうかそうか。正式な部活動なら話くらい聞いてやってもいいかと思ったけど、そうじゃないならダメだな～、いや～、残念だなあ。だけど、仕方な――」

言いかけて、つい数秒前まで動揺していたはずの琴葉がにやっと笑ってこちらを見ていることに気づいた。

「編集部は今年、わたしが創部しました。校則の上では、部員募集の機会を与えるため、創部から一年間は最低人数の制限を受けません。つまり編集部は、正式な部活です」

「な――」

そんな校則を悠人は知らなかった。だが、創部などという大半の生徒にとってレアなイベントに関する校則を知らなかったとしても当然だ。

琴葉が嘘を吐《つ》いているのではないか、とは一瞬だけ考えたが、恐らくそれはない。調べればすぐ分かることだから。

「は、はめたな⁉」

「はめたなんて人聞きが悪いですね。わたしは別に何も言ってませんよ～？　先輩が何か勘違いをされたのかもしれませんけど」

琴葉は面白そうに悠人を見ながら言ってから、不意に「でも」と真剣な目つきになる。

悠人はその瞳に見つめられてはっとなった。

「話を聞いてくれるならとても嬉しいです。ありがとうございます」

立ち止まり、深々と頭を下げる。

これまでどこか軽いノリだった琴葉の丁寧なお辞儀に、悠人も思わず足を止めた。

深くため息を吐きながら口を開く。

「それでおまえは何がしたいんだよ。部を作るなんて面倒な真似《まね》までして」

悠人が訊くと、琴葉は真剣な表情を緩め、照れたようにはにかんだ。その表情の変化に悠人は不覚にもどきりとさせられた。

「わたし、将来どうしても編集者になりたいんです。だから、高校生のうちに実績を積んでおきたいんです」

「実績？」

「はい。作家さんを担当して、一緒に作品を創り上げて、それを世の中に出したい。どんなジャンルの物語でもいいんです。わたし、小さい頃から本を読むのが好きで、純文も、ミステリも、青春物も、ファンタジーも、ＳＦも、ホラーだって、ぜんぶ。先輩が何を書くとしても、わたし、ちゃんと編集者を務めてみせます。だから――」

琴葉は熱っぽく語る。

それが彼女にとってとても大切な夢であることが、悠人にも伝わってくる。

だからこそ、

「どうして僕なんだ」

たまらず、悠人は口を開く。

こいつはいったいどこまで自分の正体を知っている？　なぜ自分に話を持ちかけた？

それは昨日からずっと感じていた疑念だ。

「文芸部のやつに頼めばいいだろ。どうして、見知らぬ三年の帰宅部男子なんだ」

その疑念がただの杞憂《きゆう》で、琴葉が少しでも答えに窮してくれればいいと思った。

そうすれば、つけ込む隙ができる。

断る理由ができる。

物語を創る世界から逃げ出した自分のようなやつに、彼女の純粋な想《おも》いはきっと相応《ふさわ》しくない。

「圧倒的だからです」

琴葉は自分の夢を語った熱っぽさのまま、悠人を見た。

その表情に、悠人は思わず見入った。

「先輩の、読みました」

琴葉はそう言って、通学用の紺の鞄《かばん》に手を入れる。

悠人ははっと息を呑んだ。

「やっぱり、僕のことを知って――」

悠人はそう言いかけて、慌てて口を閉じた。

琴葉は首を傾《かし》げ、不思議そうな表情を浮かべる。

彼女の手にあったのは、A4の黄色い表紙の冊子だった。

どう見ても悠人の――冬月春彦の小説ではない。

だが、その色と形に悠人は見覚えがあった。

「えっと……読書感想文の文集？」

拍子抜けして問うと、琴葉は「はい」と頷《うなず》いた。

「『梨花《りか》』です。この文集、ちゃんと名前あるんですよ。知ってましたか？」

毎年、夏休みの課題として出され、秋頃に冊子として全校生徒に配られるのだ。

悠人も当然だが書いていた。

「知らなかった……ってそんなことはどうでもいいんだ。読んだって、まさか」

「はい、先輩の読書感想文を読んだんです」

琴葉の持つ『梨花』に大量の付箋が貼ってあることに悠人は気づいた。

「全校生徒分、読んだのか」

「はい」

「一人あたり原稿用紙で五枚だとして、五千枚。小説十冊は軽く超える分量だ」

「一週間かけて、二年分読みました」

「馬鹿げてる。そんな時間あるなら勉強しろよ」

「編集者になるための勉強です。プロになるならそのくらいの分量、簡単にこなせないと」

「分量の問題じゃない。小説とは違う。他人の読書感想文ほど読んでつまらないものはないだろ。そんなの読んだって……」

「そうですね。嫌々書いてるようなのもありますし、てにをはが出来てないようなものもあります。あらすじが書いてあるだけとか、同じことが繰り返されてるとか。もう少しレベルが上がっても、起承転結とかの構成までちゃんとしてるのは少ないです」

「それなら、どうして」

「金の卵を見つけるつもりだったんです。そんな読書感想文の中にも、たまにきらりと光る作品があったりしますから。そういう人を探して、担当編集になって、一緒に小説を創ってやろうって」

「……それが僕だった?」

悠人が恐る恐る訊くと、琴葉はふふっと吹き出した。

「違います。先輩、本気で言ってますか?」

「な、なんで笑うんだよ。この話の流れだったらそう思うだろ、普通」

恥ずかしくなって、悠人は言い訳をした。

だが、琴葉は首を振って『梨花』を抱きしめるよう両手で持った。

「見つけたのは金の卵なんかじゃありませんでした。さっきも言ったじゃないですか。圧倒的でした。群を抜いていました。ううん、群なんて他と比べるのも申し訳ないくらい。黄金と宝石の詰まった宝箱。

わたしが見つけたのは、そんな、先輩の文章でした」

どこかうっとりした様子で琴葉は語る。

悠人はそんな琴葉に見入っていたことに気づき、はっとなって口を開く。

「た、たかだか原稿用紙五枚で、そんな大げさな」

「たかだか五枚だからです！　たった五枚の中に、先輩は物語を創り上げていました。信じられないと思いました。読書感想文ですよ？　一年生のときの作品は登場人物を使った二次創作で、サスペンス仕立てのストーリー。でも、ちゃんと先輩の内省が込められていて。二年生のときは先輩と主人公が議論をする形式で、レトリックを使って会話劇を面白く見せていました。こんなに読ませる読書感想文、わたし初めて出会いました。すごい才能で——」

「もういい」

思いのほか低く冷たい声が出た。

琴葉はびくりとして口をつぐみ、悠人は気まずさに視線を逸《そ》らした。

「……悪いけど、僕には才能なんかない」

馬鹿げている、と思った。

僕に才能なんてものはない。それは三年前にはっきりしたことじゃないか。

それなのにこんな得体の知れない後輩の言葉を一瞬でも真に受けて——嬉しいと思ってしまうなんて。

「え？　で、でも……」

「いくら言われたって、僕は小説なんて書かない」

未練を振り払うように言った。

「そんな、待ってください」

「悪い。でも話は聞いたから、これで終わりだ」

悠人は琴葉に背を向けると、自転車に跨《また》がってペダルを踏んだ。

そのまま琴葉を置き去りにしようと漕《こ》ぎ出《だ》した——が、
後方からがりがりと音がして一向に進まない。

ペダルがやたらに重い。まるでブレーキでもかかっているかのように。

さらに耳にしただけで呪われそうな怨嗟《えんさ》とも呻きともつかない女の声が聞こえてくる。

悠人がばっと振り返ると、そこには顔を真っ赤にし、全体重を後ろにかけて自転車の荷台を引っ張る琴葉の姿。脚を開いて踏ん張っているせいで、制服のスカートがかなり際どいことになっているが、本人は気にする様子がない。

「な、何してんだ！」

「まってぐだざいいいいいいいいいいいいい」

地獄の底から叫ぶような声だ。

「怖い、怖いよ！　編集者じゃなくて変質者じゃないか！」

「ここはヒロインの熱意にほだされるシーンじゃないんですかぁああああああああああ。あと今のダジャレつまんないですからあああああああああああああ！」

「うるさい！　どう考えても颯爽《さっそう》と去る流れだろ！　そもそもどこに鬼の形相で自転車を引き留めるヒロインがいるんだ！　僕はもう行く！　放せ！」

「担当編集として再検討を要求しますうううううううううううう――――あっ」

琴葉の手が滑って荷台から離れる。

急に抵抗がなくなり、自転車が急発進する。

悠人はバランスを崩し、慌ててアスファルトに足をついた。

咄嗟《とっさ》に見遣《みや》ると、同じくバランスを崩した琴葉の姿。後ろに倒れそうになった彼女は、バランスを取ろうと足を引いたが、角度が悪かったのか全く身体を支えることができなかった。そして彼女は草の生えた土手をどんぐりよろしく、ころころと転がり落ちて水田へ吸い込まれ――

泥水のしぶきが上がった。

「前、失礼しますね」

「おい」

それは琴葉が水田に落ちた朝から数時間経った昼休みのことだった。

悠人が購買のパンを教室で食べていると、突如として彼女が現れ、目の前に座ったのだ。そして、悠人の机の上でいそいそと自分の弁当箱の包みをほどき始めた。

「お昼を一緒に食べるくらい、いいじゃないですか」

「僕は一人で食べるのが好きなんだ。だいたい、三年の教室に一年が来るな」

「細かいこと気にしないでください。だいたい」琴葉の声が少し大きくなる。「今朝、先輩が力ずくであんなことしたせいで、わたし、あんなにべたべたになっちゃって。少しは悪いと思ってないんですか？　おかげで下着まで替えなくちゃいけなく――」

「黙ってください。すみませんでした」

周囲の視線が若干どころか、かなり痛い。わざとだろ。

琴葉は満足げに笑うと、再び弁当を開き始めた。

今朝、琴葉が水田に転落したあと、悠人は泥水にまみれた彼女をひっぱり上げたのだった。落ちた先が柔らかい泥土だったおかげで怪我《けが》がなかったのは不幸中の幸いだった。その後、自転車の荷台に座らせて学校の保健室まで運んでやり、今に至る。恐らく、着ている制服は保健室で借りた物だろう。ちなみに、通学鞄は道路に置いていたので無事だ。さもなくば教科書も今食べている弁当も、彼女と運命を共にしていただろう。

「それで、何の用だ」

「お昼ごはんがてら、お話をしに。今朝はちょっと強引だったかと思いまして」

「今も十分、強引だが」

「ふうん。いいんですか、先輩、そんなこと言って」

ちらりと琴葉は周囲を見る。

その仕草だけで、悠人はぐっと息を呑まされた。

「……まさか、わざと落ちたんじゃないだろうな。そういえばふらつき方も怪し――」

琴葉は無言のまま、じっとりとした視線で悠人を見ていた。

その妙な迫力に負けて、悠人は口をつぐむ。

勝てん――年下の女子相手に何という屈辱。

「これ、あげます」

琴葉は弁当箱の蓋を皿代わりにして、いくつかのおかずを差し出した。

「は？」

何だってそう唐突なんだ。

目の前の女子が何を考えているのか全く理解できなかった。

「お礼です。田圃に落ちたとき、助けてくれましたから。ちょっと感動しました。意外と紳士なんですね」

「溺死でもされたら寝覚めが悪いからなあ」

「人を勝手に田圃の肥やしにしないでください。でももしそうなったら化けて出ますね」

言葉とは裏腹に、琴葉はにこりと笑う。

「まあ、とりあえず食べてくださいよ。購買のパンだけじゃ、身体に悪いです。作家さんの体調管理も編集者の仕事ですから」

「そんな編集者……」

見たことない——と言おうとして、悠人は言葉を止めた。

危ない危ない。どうも琴葉の前だと油断してしまう。

「ありがたく、いただきます」

「どうぞどうぞ」

だし巻き玉子、たこさんウインナー、ほうれん草のおひたし、芋の煮転がし。

「うまい……」

朝は抜き、昼は購買のパン、夜はコンビニ弁当で済ませている悠人にとって、久しぶりに食べる手料理の味だった。

「でしょう」

琴葉は悠人を観察しながら、にやにやと得意げな表情を浮かべる。

「わたしが作ったんです」

不覚にも、その屈託ない笑顔に見とれてしまう。

まずいな、と悠人は思った。

餌付けされつつあるこの状況が、だ。

料理が、ではない。

「言っておくけど、うまいからって小説は書かないぞ」

「さすがに食べ物で釣ろうなんて思ってません。さっき言ったこと、本気なんですよ。体調管理――はさすがに言い過ぎですけど、先輩の食事、見てられないので。明日から毎日作ってきますね。差し障りなければ朝と夜も作りに行きましょうか？」

「それは差し障りあるから止めてくれ……」

「えーっ？　後輩の女の子がひとり暮らしの自宅に食事を作りに来てくれるなんて、男子高校生にとって夢のようなシチュエーションじゃないですか？」

「相手がおまえみたいな危険人物じゃなかったらな……」

「危険人物とは失礼ですね。まあ、でも、朝食と夕食は差し障りあるけど、昼はいいってことですね」

「えっ、ちょ、ちょっと待ってくれ」

悠人は先ほどの琴葉の質問を思い出し、それから自分の返答を思い返す。

「えっ、そういうことになるの？　反則じゃない？」

「遠慮しないでください。明日から先輩の分のお弁当作ってくるので、パン買わなくていいですからね」

にっこりと笑う琴葉。悠人は口角を引きつらせて言葉を失った。抗議の言葉は色々と頭に浮かんでいたのだが、どれも彼女の圧倒的行動力を抑えるには力不足に思えたからだ。決して琴葉の手料理をもう少し食べたいと思ったからではない。

本当に、いったいこいつは何なんだ？

悠人と琴葉は昼食を食べながら、学校生活に関する他愛ない会話をした。

高校に入ってから勉強が難しくなっただの、学校の前の坂が急過ぎて嫌になるだの——基本的には琴葉が喋《しゃべ》り、それに対して悠人が何かコメントをしたりツッコミを入れたりしていた。

少しだけ悠人の印象に残ったことがある。

琴葉は物事のいい側面を見つけるのがうまい。

「高校に入ってから勉強が難しくなりましたけど、おかげで新しいことを知る機会が増えましたよね。物理の教科書とか、普段の読書じゃ絶対に読まないですし」

「学校の前の坂が急なんですよね。今の季節は暑くて汗かいちゃいますし。でもだからなんですかね、坂の上で振り返って、遠く広がる景色を見ると幸せな気分になりませんか。涼しい風が吹いたりすると、爽やかな気持ちになっていいですよね」

そう言われてみると、義務として受けている授業も、何の変哲もない見慣れた風景も、少しだけ特別なもののように思えてくるから不思議だった。

今まで悠人の周囲にはあまりいなかったタイプの人間だ。

あるいは——と思う。

もしこの世界にいるのが彼女のような人間ばかりだったら、自分の現在《いま》はもう少し違っていたのかもしれない、と。


夏目琴葉と名乗る少女と出会って一週間が経った。

「なあ、夏目は本当に何がしたいんだよ……」

学校からの帰り道、悠人は橋の上で隣を歩く琴葉の夕日に照らされた横顔を見た。

橋の五メートルほど下には澄んだ川がゆるやかに流れている。さらさら流れる川の音が何だか彼女にはよく似合っていた。

琴葉は悠人を見て首を傾げた。

「何って、最初から言ってるとおりですけど？」

それはつまり、悠人に小説を書かせたい、そして自分は編集者の練習をしたいということだ。

「でも夏目は弁当作ってきて、登下校に付き合うだけじゃないか」

　この一週間、琴葉は宣言通り悠人の弁当を毎日作ってきていた。しかも、朝は悠人の暮らすアパート前で待ち構え、帰りは悠人の教室まで迎えにくるという徹底ぶり。

　しかし、彼女は学校であったことや最近読んだ本の感想といった他愛ない話を口にするだけで、悠人に小説を書くように迫ってくることはただの一度もしなかった。

「甲斐甲斐《かいがい》しい彼女みたいでよくないですか？」

「いや、不気味だ」

「ミステリアスってことですね」

「前向きにも程がある」

　琴葉はととっと早足に前に進み出て、くるりと悠人に向き合った。二人の足が止まる。

「先輩のことをもっと知りたいなと思ったので」

　不覚にもどきりとさせられて、悠人は言葉に詰まった。そんな悠人の様子を見て琴葉はにやりと笑った。

「あと、ほだされてくれればいいなとも思ってます」

「そっちが本音だろ……」

「えへへ」

　笑えなかった。現状を顧みると琴葉の狙い通りになっている気がする。強く迫ってくるわけでもなく、弁当を作ってきたり登下校にくっついてきて楽しく話したりするだけなので、彼女のことを拒絶できず、ずるずると一週間も経ってしまった。最近は慣れてしまって昼前にはその日の弁当を楽しみにしてしまう体《てい》たらくだ。登下校も隣に琴葉がいることに違和感をまったくと言っていいほど感じなくなってしまっている。

このままではまずい、と悠人は決意した。

「……もう止めてくれないか」

「先輩？」

「前も言ったように、どんな手で来たって僕は小説なんか書かない」

琴葉は黙ったままじっと悠人を見つめていた。慌てて説得にかかってくると思っていたから、そんな彼女の様子は意外だった。

「夏目は僕に才能があるなんて言ったけど、そんなものはないんだ」

「ありますよ。編集者志望のわたしが言うんです。間違いありません。信じてください」

「すごい自信だな」悠人は苦笑する。「でも、それは間違ってるよ。自分のことは自分がいちばん分かってる」

風が吹き抜ける橋の上。

夏の夕暮れの少し生ぬるいその風は、琴葉の髪を無造作に揺らした。

「だいたい、その編集者って何なんだよ」

「何って……」

「出版社に所属してもないただの高校生に何ができるんだよ。せいぜい上がってきた原稿を読んで好き勝手感想言うくらいじゃないのか。企画は？　校正や印刷所の調整は？　刊行までの工程管理は？　販促は？」

意地の悪い言い方をしていることは自覚していた。そうでもしないと琴葉を諦めさせることはできないと思っていたから。

「要するに、それってお遊びだろ？　そんなのに付き合う暇はないんだよ。これでも受験生なんだ」

かなり厳しい言葉を投げかけたと思う。けれど琴葉は怒ったり泣き出したりすることはなかった。ただ、じっと悠人を見つめるだけ。やがて琴葉はゆっくり口を開いた。

「わたしが読んだ先輩の文章は、叫んでるように見えました」

「叫んでる……？」

「本当は物語を書きたいんだって、そう訴えているように思えたんです」

かっと頭が熱くなった。そんなわけがない。

自分は才能のなさを思い知って、だから書くのをやめたのだ。未練なんて、ない——。

「……話を逸《そ》らすなよ」

悠人が辛《かろ》うじて平静を装って返すと、琴葉は小さく頷いた。

「……先輩の言うとおりです。出版社にも編プロにも所属してないし、わたしはただの高校生で、できることは限られています」

「じゃあ……」

「でも！」

琴葉は叫んだ。

「わたしは作家さんの支えになりたい。寄り添って、一緒に物語を創りたい。アイデア出しやプロットをよくするお手伝いもできます。原稿が送られてきたら徹夜で読み込んで、感想やブラッシュアップのための意見を必死でまとめられます。作家さんが行き詰まってるなら、それを解消するために試行錯誤します。何時間だって打ち合わせします。作家さんが必要とするなら資料集めも取材も宣伝も――何だってします」

痛いほど熱意が伝わってくる。しかし悠人もここで折れるわけにはいかない。

「口では何とでも言えるよな。じゃあ作家にここの橋から飛び降りるシーンが書きたいから実際に飛び降りてみてくれって言われたらどうする？」

自分で言っておいて無茶苦茶だなと悠人は思い、視線を足下に落とした。これでは一笑に付されても仕方ない。少し間を置いて考える時間が必要だった。

だが次の瞬間、琴葉の鞄が歩道にどさりと落ちて思考は中断された。

そして顔を上げて悠人は絶句した。

橋の欄干に立つ琴葉の姿があった。

美しい夕日に照らされて、彼女はゆっくりとこちらを振り返った。足の幅ほどもない細い欄干の上で。そしてどこまでも真っ直《まっす》ぐな瞳で言った。

「飛び降ります」

それは現実離れした凄絶な光景で、悠人は心を奪われた。

身体が動かなかった。口の中がカラカラに渇いていく。

「何してんだよ……」

悠人は心臓がどくどくと脈打つのを感じながら、欄干に立つ琴葉に問う。

「何って、これがわたしの答えですよ」

実際に飛び降りてみてくれって言われたらどうする？

そんな悠人の問いに対する琴葉の答え。

「ばか、すぐに降りろ！　岩場だってあるし、打ちどころが悪かったら――」

「大丈夫ですよ」

琴葉が夕日を背ににこりと笑う。

「もし本当に小説を書いてくれるなら、わたしは命だって懸けられます」

そして彼女は微笑《ほほえ》んだまま、後ろに倒れていく。

一秒足らずの出来事が、何秒にも何十秒にも感じられた。

悠人は足が竦《すく》んで動けなかった。

琴葉の姿が見えなくなって、激しい水しぶきの音が響く。

悠人は我に返り、慌てて欄干に駆けよって川を覗《のぞ》き込《こ》んだ。

波打つ水面に琴葉の姿はない。

悠人は全速力で橋のたもとへ向かい、土手を駆け下りた。

彼女が飛び降りたあたりに視線を遣るが見つからない。

最悪の事態を想像しかけたとき、橋の下あたりの岸辺から水音がした。

見れば琴葉が川から岸に上がろうとしているところだった。

「おい、夏目！　大丈夫か！」

いくらか安堵しつつ、悠人は琴葉のもとに駆け寄った。

手を貸し、引っ張り上げてやる。

「ありがとうございます」

「大丈夫か、怪我は⁉」

「大丈夫です。それより、今のシーン、執筆の資料になりそうですか？」

琴葉の問いに悠人は絶句した。

彼女が何を言っているのか、すぐには理解できなかった。

資料になるか――だって？

見くびっていた、と思った。

怪我をしていたかもしれない、いや、場合によってはそれよりひどいことになっていたかもしれないのに、彼女はそんなことは気にも留めていない。

ただ徹頭徹尾、小説のためだけを考え、行動している。

彼女の覚悟を見せつけられた気分だった。

認めざるを得ない。

少なくとも熱意において、夏目琴葉は悠人が一緒に仕事をしたことのあるプロの編集者に勝るとも劣らない、と。

悠人は呻くように言葉を絞り出す。

「……悪かった。おまえの覚悟を甘く見てた」

「じゃあ！」

琴葉はぱっと表情を明るくして、悠人に詰め寄ってくる。

「書いてくれるってことですか⁉」

間近に迫られて悠人は思わず目を逸らした。

「……先輩？」と琴葉が怪訝そうに首を傾げる。

「……とりあえずこれを着てくれ」

鞄から取り出した学校指定のジャージを琴葉に押しつける。

「えっ……？　あ……」

琴葉はそれでようやく自分のあられもない姿に気付いたようだった。

水に濡《ぬ》れそぼった夏服の白シャツはぴたりと身体に張り付いて、その下に隠しているはずの肌色やら青い布地やらを透けさせていた。青なのか。

琴葉は悠人のジャージを受け取ってさっと身体を隠す。

「ちょ、ちょっとあっち向いて待っててください」

言われるがまま、悠人は琴葉に背を向ける。

後ろで彼女がもぞもぞと動いている気配を感じながら、悠人は口を開く。

「……夏目の覚悟は分かった。だけど、それと僕が小説を書くかは別だ。僕は、夏目に難癖を付けるなんて回りくどいことをせずに、正々堂々、きっぱりと断るべきだった」

悠人の言葉に対して返事はすぐにはなかった。

しばしの沈黙が川のせせらぎと一緒に流れていく。

「こっち向いていいですよ」と声がかかる。

振り返るとそこには濡れた制服からジャージに着替えた琴葉が、どこか恥ずかしそうに立っていた。平気で橋から飛び降りるのに、そういうところは気にするんだなと思ったが口には出さずにおいた。

琴葉は心を落ち着けるようにふうと息を吐く。

「先輩の気持ちは分かりました」

「じゃあ――」

もう諦めてくれるのか。そう訊こうとした悠人の言葉を琴葉が遮る。

「でも、最後にちょっとだけお願いがあります」

「お願い?」

「はい。明後日《あさって》ちょっとだけ付き合ってください。小説を書けなんて言いませんから」


土曜、午前九時。

普段であれば、悠人は自分の部屋か図書館で勉強して過ごす。

しかし、今日ばかりはいつもとは違い、見知らぬ道を自転車で走っていた。

新旧交じった家屋の並ぶ街並、最近出来たばかりのカフェに、古くからある図書館。その道は、悠人がいつも通学する経路よりも市の中心地に近かった。

「どこ行くんだよ」

「あ、そこ左折です」

耳元で琴葉の声が響いて、くすぐったさに思わず首をすくめる。

「いや、そういうこと聞いてるんじゃなくて……」

いつもより重いペダルを漕ぎながら悠人はぼやいたが、それは荷台に乗る琴葉の耳には届かなかったようだった。

今朝、部屋にやって来た琴葉は、淡い黄色のオフショルダーのトップスに紺のガウチョパンツを着ていた。元気な琴葉らしい服装だと悠人は思った——肩の露出がまぶしく、少しばかり目に毒だったが。

そんな琴葉は悠人がどこへ行くのかと尋ねても適当にはぐらかし、外へと連れ出した。二人乗りだ。法律的に褒められたことではないが、私服であることだし、悠人もまあいいかと自分を納得させていた。

「あっ、曲がるのそこじゃないです。もう一個先。ここ、下りが急なんで」

琴葉に言われるがまま、悠人は自転車を漕ぐ。

それにしても何が悲しくて恋人でもない——どころか自称・編集者のちょっと危ない後輩女子を自転車の後ろに乗せて走っているのだろうか。

考えると何だか虚《むな》しくなってきたが、これもまた、まあいいかと気を取り直す。

これでもう彼女に付きまとわれることもないのだと思えば悠人としても清々する。ほんの少し寂しさのようなものを感じるが、それはぐっと腹の底に押し込んだ。

それからしばらく走ったところで、琴葉が停《と》まるように言う。

「ここって……」

陽《ひ》の光を受けて輝く、船の舳先《へさき》のような屋根の巨大な建物。白い柱で支えられたその建物は一面ガラス張りだった。正面には芝生の庭があり、近所の子どもたちが遊んでいる。

「市民ホールです」

悠人が琴葉に案内されて来たのは、市内でいちばん大きなホールだった。本格的なオーケストラや演劇の舞台に利用できる大劇場のほかに、小劇場を一つ備えている。

悠人は初めて来たが、その存在くらいは知っていた。

「こんなところ連れてきて、何があるんだよ」

悠人と琴葉は正面入り口からロビーへと入る。

ロビーには大勢の人がいたが、高校生くらいの同年代が多い。

「まあまあ」

だが、琴葉は悠人の手を取るとぐいぐいと先へ進んでいく。

「お、おい」

「ついてくれれば分かりますよ。今日はどんなことでも付き合ってくれるって約束したじゃないですか」

「そんな約束をした記憶はない！」

そうして気づけば、およそ千人を収容可能らしい大劇場——その中央あたりの席に座らされていた。隣に琴葉が座る。

周囲を見ると六割ほどの席が埋まっていた。

「なんか、デートみたいですね」

「そろそろ、これが何なのか教えてくれるか」

悠人が琴葉の軽口を無視して訊くと、彼女は少し不服そうな表情を浮かべた。

どう返して欲しかったんだ、と悠人は呆れる。

「つれないですね。そんなんじゃモテませんよ」

「大きなお世話だ」

はあ、と琴葉はわざとらしいため息を吐く。

「うちの高校の演劇部の定期公演です」

「演劇部？　どうしてそんな——」

「あ、始まりますよ。静かに」

舞台に目を向けると、悠人も見覚えのある教師が立っていた。顧問だろう。

その顧問から開会の挨拶がなされる。

ようこそお越しくださいましたというお決まりの挨拶から始まり、九月末に高校演劇の地区大会があり、それに向けて日々練習していること、そして今日はその大会に向けた演目を行うという説明がされる。

それが終わって顧問が退場すると、客席の照明が消灯され、ゆっくりと幕が上がっていった。


公演はあっという間だった。

時間にして、一時間弱といったところか。

舞台の上では、観客の拍手を浴びながら部員たちが深く礼をしている。

悠人もそんな部員たちに向けて拍手をしていた。

脚本はストレートなさわやか青春群像劇で、総勢十人くらいの役者たちが各々の役を歯切れよい台詞回《せりふまわ》しで演じていた。小道具・大道具や舞台装置の類も派手さこそないが丁寧に造られており、観客を楽しませてくれた。

挨拶を終えた部員たちが舞台袖にはけ、観客は席を立って劇場を後にしていく。

悠人も立ち上がろうとしたが、琴葉が「待ってください」と裾を引いて止めた。ドアを見るとまだ混雑しているから少し待とうということだろうか。

「劇、どうでした？」

「まあ、面白かったよ。演技はすごかったし、舞台装置もちゃんとしてて」

悠人は素直に答えた。悠人は演劇にはあまり詳しくないが、力のある部なのだろう。どの要素も高いレベルにあり、素人である自分でも楽しめたのだから。

「よかったです。うちの学校、全国大会の常連なんですよ」

「全国大会……知らなかった」

琴葉は呆れたような表情を浮かべる。

「三年生なのに、どうして知らないんですか。全校集会で表彰とかもあったはずですよ」

「そう言われてもな……」

興味がなかったのだから仕方がない、とはさすがに言えない。

「夏目さん」

二人のところへ、制服の男子生徒が歩いてくる。

「渡辺《わたなべ》先輩、こんにちは」

琴葉が男子生徒に挨拶をする。悠人は見覚えがなかったが、琴葉はその渡辺先輩とやらと面識があるらしかった。

二人はにこやかに談笑を始める。

「どうだったかな、俺たちの劇は」

「面白かったです。舞台装置とか演出とか、やっぱり全国常連の実力はすごいです。今日はお招きいただいて、ありがとうございました」

悠人には見せたことのない、常識的でかわいらしい琴葉の笑顔。

それに当てられたのか、渡辺先輩とやらは軽く赤面しながら「ありがとう」「夏目さんにそう言ってもらえると――」などと、もごもごご返した。

しかし、渡辺はそこで表情を曇らせ、思い切ったように口を開く。

「脚本は、どうだったかな？」

その問いに、琴葉の笑顔が消える。

真剣な眼差《まなざ》しに射すくめられて、渡辺は唾を呑んだように見えた。

傍《そば》で見ていた悠人も、少しばかり緊張した――が、次の瞬間、

「どうでしたか、柊先輩」

「えっ……」

琴葉から突然水を向けられて、悠人は固まった。

適当に褒めてやり過ごそうか。

そんなふうに考えたが、琴葉の真剣な目を見て躊躇った。

「僕は……」

「夏目さん、この人は？」

渡辺はそのとき初めて悠人に視線を向けたが、その目にはうっすら敵意のようなものが

滲んでいた。

その態度で渡辺が琴葉に抱く感情を何となく察した――好意か、そこまでいかなくてもそれに近い想い。

気まずいことこの上ない。どうして自分はこんなところにいるんだ。

「柊悠人先輩です。うちの学校の三年生。こちらは渡辺亮太《りょうた》先輩。同じくうちの学校の三年生で、演劇部の部長さんです」

渡辺は不審そうに悠人を睨《にら》むのをやめなかった。一方の悠人は、琴葉が自分をここへ連れてきた理由をうっすら察していた。

演劇部の脚本への意見を求めるため――編集部の活動というわけか。

普通なら応じることのない頼み。が、それでも小説を書けと迫る代わりの最後の要求だと考えれば仕方ないかとも思えた。

「柊です。素晴らしい劇でした」

「どうも。演劇部の部長の渡辺だ」

作り笑いを浮かべる悠人と、仏頂面の渡辺。

あまりぐだぐだと話しているとこじれそうなので、悠人は早速本題に入ることにした。

「夏目さんから聞かれたので答えますが」

と、予防線を張りながら答える。

「脚本は悪くなかったと思います。きれいにまとまっていて」

横目で見ると琴葉が非難がましい視線をこちらに向けていた。

仕方ないだろ、と悠人は心の中で抗議する。

何しろ、初対面の人を相手に、自分が言おうとしているのは――

「だけど、それだけでした。正直に言って、平凡すぎると思いました」

「な……」

渡辺は唖然《あぜん》とし、やがて怒りに表情を歪ませた。

「どういうことだ！」

劇場の中に大声が響く。

客はもういなかったが、幕の向こうで撤収作業をしている部員が何事かと顔を出す。

「端的に言って、キャラも立ってないし、話もどこかで見たような内容。全体に盛り上がりに欠けるし、観客に何を伝えたかったのか、どんな感動を与えたかったのか、僕には分からなかった。そういうことです」

悠人がそう感想を伝えると、渡辺が勢いよく詰め寄ってきた。

「おまえ……！」

怒りの籠もった目で悠人を睨み、それから悠人の胸ぐらを摑《つか》む。

「お、おい」

悠人は慌てた。渡辺は筋肉質で背が高く、悠人の踵は床から浮いていた。

どうしてこうなる——悠人は自分の不運と、それから琴葉を呪った。

こんなことになるとは予想外だったのだろう、琴葉が慌てて二人の間に割って入り、悠人と渡辺を引き離す。周囲には十人ほどの演劇部員たちが近寄って来て、やや遠巻きながらも心配そうに様子を見守っていた。

「渡辺先輩！」

渡辺も琴葉を押しのけてまで悠人に再度詰め寄る気勢はないらしく、その場で視線を床に落とした。そして、躊躇いがちに口を開く。

「……夏目さんも、こいつと同じ意見なのか？」

「はい。おおむね、同じです」

即答だった。

琴葉が——同意しただけとはいえ——容赦なく厳しい意見を言ったことが意外で、悠人はその横顔をまじまじと見た。

琴葉の顔から人当たりのいい笑顔は消え、彼女はただ真剣な表情で渡辺を真っ直ぐ見つめていた。渡辺はそんな琴葉から目を離すことができずにいるようだった。

「渡辺先輩が編集部のわたしに劇を観《み》るよう頼んだのは、先輩も不安だったからなんですよね」

「それはまあ……」と渡辺は弱々しく頷いた。それから、言いにくそうに口を開く。

「毎年、部員全員でアイデアを出し合って、脚本を作ってるんだ。それでこの演劇部は何度も全国に行ってる。だけど……」

「八年前の創部以来、全国には行けても、そこで賞は一度も取れていない」

琴葉が言葉を継ぐと、渡辺は少し驚いたような表情を浮かべた。

「知ってたのか」

「編集部として一緒に仕事をさせてもらう相手のことですから、そのくらい調べます」

「そ、そうか……それは何というか……ありがとう」

渡辺は琴葉がきっちりリサーチしていることに感心したようだったが、悠人は彼女の『編集』にかける執念がそんな程度ではないことを知っていた。

読書感想文集を読み込み、他人の部屋に押しかけ、田圃に落ちても川に落ちても全くめげない。そして小説のためなら命すら懸けるという。そんな奴《やつ》が、ちょっとネットで検索すれば分かるようなことを調べていたくらいで感心しないでほしい――悠人はそんな自分でも何だかよく分からない思いを抱いた。

「それじゃあ単刀直入に訊きたい。この脚本、どうすればよくなると思う」

渡辺の切実な声が響く。

琴葉は困ったようにわずかばかり眉根を寄せて、それから悠人を横目で見た。話せ、ということだろう。

悠人は深くため息を吐いた。

また胸ぐらを掴まれたりしないだろうな、と心配しながら悠人は口を開く。

「直すのは難しいな。思い切って新しく書いた方が早い」

「あんたには聞いてない！」

「いや、まあ、そうなんだけどさ……」

悠人が琴葉に目を遣ると、渡辺も恐る恐るといったふうにそちらに視線を向けた。当の琴葉は動じる様子もなく、小さく、しかしはっきりと頷いた。

「同じ意見です。直すとしても、設定とストーリーにかなり修正を入れないといけません。それでも面白くなるかどうか、微妙な線です」

そうなのか、と渡辺はうちのめされたように意気消沈する。

僕に対する態度と違いすぎて、いっそすがすがしいな——悠人は半ば呆れながらそんな渡辺の様子を見ていた。けれど、同時にこれでお役御免だとも思ってほっとした。

周囲の部員たちは、渡辺と同じように沈んだ表情を見せる者もいたし、不服げに琴葉を睨む者もいた。その人数比は半々といったところか。

「部長、どうしてそんな人の言うこと真に受けるんですか？　編集部なんていったって創部したばっかりで部員一人だけなんですよね」

不服そうな顔をした女子部員が、その表情以上に不満げな声で訴える。

同調するように、他の部員たちも「そもそもあの子だれ？」「編集部なんてあるの？どうしてそんなとこに頼んだの？」「今更直せないだろ」などと、ひそひそと話し合う。

そんな状況で、渡辺がよく通る声で「すまん」と言うと、部員たちは自然と口を閉じて注目した。部長としての信頼は篤《あつ》いようだ。

「皆には黙ってて悪かった。俺が劇を観てくれるように頼んだのは、夏目さんの脚本を見る目が確かだからなんだ」

「脚本を見る目って……どういうことですか？」

女子部員の一人が怪訝顔《けげんがお》で渡辺に問う。

「四月に、新入生に演劇を見せたのを覚えてるか？」

「そりゃ覚えてますけど」

「あのときのアンケートに夏目さんは書いてきたんだよ。去年の全国大会で審査員に――それも、プロの脚本家に言われたのと、ほとんど同じことを。良《い》い部分も、悪い部分も、的確に」

不平を述べていた部員が、はっと息を呑む。

「でも、そんなのネットで調べれば……」

「受賞してない学校に対するコメントは非公開だ」

その言葉に、場がざわめいた。

部員たちは興味津々といった目で琴葉を見る。

――自分たちと同じ高校生に過ぎない彼女が、プロと同じ目を持っている？

そんな周囲の視線を集めて、琴葉はいたたまれない様子だった。

「そんなことやってたのかよ」

悠人が耳打ちすると、琴葉は小さく頷いた。

「アンケートを書かされたので、思ったことを書いたんです。そしたら連絡が来て」

「で、今回の新作を見て欲しいって頼まれたのか」

そして、何故《なぜ》だか自分もそこに巻き込まれたというわけだ。

「でも部長、もう書き直す時間なんてないですよ」

「そうだな……」渡辺は沈痛な面持ちを浮かべる。「今から始めたら、初稿が上がるのが早くて八月末。そこから九月末の地区大会は厳しいな。夏休みを練習に当てることも出来なくなる」

「それに九月の真ん中に文化祭もありますよ。いつも地区大会のリハを兼ねてるのに……」

やはり現行の脚本でいくしかない、と部員たちの誰もが思っているようだった。

まあそれが現実的な考えだろうなと悠人も思う。

しかし、

「十日で仕上げたら、どうですか？」

と言ったのは、琴葉だった。

何言ってるんだこいつ、と悠人は眉を顰《ひそ》めた。

渡辺はやや呆気《あっけ》にとられたように琴葉を見てから「あ、ああ」と頷いた。

「それなら、間に合うかもしれない。だけど、そんな速さで書くのは無理だ」

その言葉に悠人も内心で同意する。直しならともかく、ゼロからではいくら何でも厳しいだろう。先ほどの話では脚本専門の部員もいないようだし。だが、

「できます。余裕です」

琴葉はきっぱりと言い切った。自信たっぷりに。

そんな様子に部員たちは騒然とする。

「その……夏目さんが書くのか？」

辛うじて口を開いた渡辺がそう訊いたが、琴葉は首を振った。

「いいえ。わたしはあくまで編集者。書くのは作家さんです」

そんなお抱え作家がいるのか、と悠人は意外に思った。だが書き慣れた者なら、かなりタイトなスケジュールになるが、あるいは可能かもしれない。

というか、そんなあてがあるなら自分ではなくそいつを連れてくればいいものを——

ん？

「……夏目さん、俺は君の腕を見込んで頼んだんだ。君の言う作家がどんな奴なのか分からないけど、知らない奴に任せるのは不安だし、書けたとしてもクオリティが心配だ」

「大丈夫です。腕は確かですから。それに、渡辺先輩も知ってる人ですよ」

……。悠人は何だかひどく嫌な予感がして、息を潜め、誰の視線も集めないようにそっとその場を離れようとした。

だが、客席に脚があたってがたりと音が鳴ってしまう。

途端に琴葉が振り返った。

「いけますよね、柊先輩？」

琴葉は満面の笑みを浮かべていた。

だが、それはどこか作り物めいていて、威圧感とでも言うべき妙な迫力がある。

「は、話が違うだろ！」悠人は気圧《けお》されながらも抗議する。「僕はコメントするためにここに来たのであって――」

「そんなこと、一言も言ってないですよね」

にこにことしたまま琴葉は言ったが、その目は笑っていない。

「な……」

確かに、一言も言われていない。

琴葉は悠人にただ付き合えと言っただけで、演劇にコメントするのが今日の役割だというのは悠人が勝手に思い込んだだけだ。

「だ、だけど、約束はどうした。小説を書けとは言わないって」

そう、彼女は川岸で言っていたはずだ。小説を書けなんて言いません、と。

だが、琴葉はこともなげに反論する。

「小説じゃありません。先輩に書いてもらいたいのは、脚本です」

「は……？」

悠人はあんぐりと口を開けた。

予想もしていないことを言われると、本当に人は言葉を失って口を開くものなのか、などどうでもいいことに気が回る。

「そんなの詭弁《きべん》だろ！」

「わたしはそうは思いません。小説も脚本も、物語という点では同じですけど違いはたくさんあります。それに」

「な、なんだよ……」

琴葉は笑顔を消して、じっと悠人を見た。

「あれだけ辛辣なコメントをしておいて、自分は安全な場所にいるんですか？」

その言葉は悠人を凍り付かせた。

先ほど、自分が渡辺に向けた言葉を思い出す。

そうだ。思い込みとはいえ、コメントするのが役目だと思って、渡辺に対して偉そうに厳しい意見を言った。

批評は棘《とげ》だ。

言われたときは痛いし、その後もずっと不安として残り続ける。

あんなことを言われれば、仮に脚本を直したとしても、もう演劇部の部員たちは自信を持って大会に臨むことはできないだろう。

こんなふうに面と向かって否定的な批評をしていいのは、その作品に対して責任を持てる人間だけなのだ。言いっぱなしにしてよいものではない。

琴葉にまんまと嵌《は》められた。

けれど、分かっていたはずなのに無責任な言葉を口にしたのは自分だ。それが誰かに誘導されたものだとしても関係ない。

これでは、あいつらと同じじゃないか。

三年前の嫌な思い出が——顔も知らない無責任な人々の影が——脳裏をよぎった。

「先輩」

琴葉が悠人を真正面から見つめていた。

「先輩は自分の才能を信じられないいんですよね」

「……ああ、そうだ。だから、」

書けない——そう続けようとした悠人の手を琴葉が握る。

「それなら、わたしが信じます。先輩の代わりに」

「え……？」

「だから、先輩はわたしを信じてください。それで帳尻、合いますよね？」

とんでもない理屈だった。けれど琴葉はどこまでも本気で、だからこそ生じた妙な説得力が悠人の言葉を失わせた。

「それとも、わたしのこと信じられませんか？」

「いや、それは……」

「確かに、今回わたしは先輩を騙《だま》すみたいなずるい手を使いました。でも、創作に関しては絶対に嘘をつきません」

それはきっとそうなのだろう。この一週間、琴葉に付きまとわれつつも、彼女の創作に対する真摯な熱意をひしひしと感じさせられた。それこそ命すら懸けてしまうような危うさまでも。

「わたしは先輩が書いてくれるなら何だってしてします。先輩が自分を信じられないなら、その分、わたしが先輩を信じて支えます」

まるで魂を燃やしているのではないかと思うほどの琴葉の情熱。

「わたしには先輩しか考えられないんです。先輩の文章を読んだときから」

彼女の炎のような言葉が、心の奥底で凍《い》てついていた想いを熱していた。

「だからお願いします、書いてください」

琴葉が深々と頭を下げる。

もはや衒《てら》いもなく取り繕うこともない、真正面からの懇願。周囲の演劇部の視線など気にする素振りもない。だからこそ、その言葉は悠人の心を揺らし、初めて迷いを生んだ。

書けるのだろうか、書いていいのだろうか――そんな迷いを。

「夏目さんの言ってることは、本当か」

ぽつりと、渡辺が問う。

「え……？」

「あんたの実力は夏目さんが言うほどなのか。十日で今の脚本よりいいのを書けるのか」

品定めをするような視線で渡辺は悠人を見ていた。

「それは……」

悠人は言いよどんだ。

自信は、なかった。自分の才能に限界を感じて筆を折ったのだから当たり前だ。

ただ、それを素直に告げることはできなかった。なぜなら、

「わたしを、信じてください」

愚直に悠人を信じる琴葉が隣にいるから。

彼女の言葉は悠人に向けられたものでもあり、同時に渡辺に向けられたものでもあった。

渡辺は目を見開き、しばし黙考してから深くため息を吐いた。

「……そうだな。俺は夏目さんの力を信じて今回の依頼をした。その夏目さんがあんたのことを信じるって言うんだから、俺はそれを信じるべきなんだろうな」

悠人は驚いて渡辺を見た。

「僕なんかに任せるのか」

「今言ったとおりだ。夏目さんの意見だし、それにあんたのことは気に食わないが、それとあんたの作品は別だからな」

渡辺の目は真剣だった。

それに周囲の部員たちも悠人のことをじっと見ていた。

渡辺と同じように真剣な目をしている者もいれば、不安そうな面持ちの者も、疑わしそうに見ている者もいる。ただ、共通していることがある。

彼らは純粋に自分たちの演劇のことを考えているのだ。

その事実に悠人はぐっと唇を噛《か》みしめた。

「僕は……」

二度と、書かないと誓った。

それは三年前、自分の書く才能の限界を知ったから。

そして、贖うべき罪を背負ってしまったから。

けれど――

「先輩」

琴葉の清廉な声が悠人の耳を打つ。

「どうか書いてください。先輩の物語を。そのためなら、わたしは何だってします」

出会ったときから変わらず、彼女は悠人が作る境界線をものともせずに踏み越えてくる。静かで穏やかな、けれど暗く淀《よど》んだ場所に蹲《うずくま》る悠人の手を躊躇いなく引っ張ろうとする。強引に、そしてどこまでも真っ直ぐに。

敵《かな》わないと思った。

その熱意に、覚悟に。

そして少しだけ――それに応えてみたいと、思ってしまったのだ。

(ごめん)

あのとき傷つけてしまった人に向けて祈るように念じる。

(今回だけ、書くことを許してくれ)

悠人は渡辺に向き直った。短く息を吐き、口を開く。

「やる。やらせてくれ」

「ああ、頼む」

渡辺は短く答えて頷いた。

たったそれだけのやりとり。

けれどそれは悠人にとって大きな決断だった。

それから琴葉に視線を遣ると、彼女は呆《ほう》けたような表情で悠人を見ていた。

「夏目、何て顔してるんだよ」

「えっ……あ、あの、だって、あの、書いて、くれるんですか？」

悠人は苦笑した。

あれだけ自信たっぷりに説得しにかかってきたというのに、いざ悠人が引き受けたらこんなしどろもどろになるなんて誰が想像できるというのか。

「ああ、そう言ってる。しっかりしろよ、担当編集」

悠人の言葉に琴葉の頬にさっと朱が差して、ぱっと輝いたように見えた。

「は、はい！　よろしくお願いします！」

第二章　演劇

網戸から入ってくる夜半過ぎの風は穏やかだ。

名古屋《なごや》にいた頃は、アスファルトから上がってくる熱気のせいで夜になっても窓を開けていられたものではなかったが、この土地は昼間こそ暑いものの、夜になると山の香りと川や水田の冷気をはらんだ風が静かに流れてくる。

この部屋に引っ越して初めは驚いた虫の音の大きさも、蛙《かえる》の鳴き声の騒がしさも、すぐに気にならなくなった。幼い頃から聞いてきた自動車や電車のノイズよりも、その音はずっと耳に馴染《なじ》んだ。

悠人《ゆうと》はテーブルの上に散らばった付箋紙やレポート用紙を見る。

どれにも殴り書きに近い文字が書き付けられている。

不思議な気持ちだった——三年も離れていた創作という行為に、またこうして向き合うというのは。

最初はもう一度できるのか不安だった。だが、ひとたび物語を創り始めると、いくらでもアイデアと文章が湧き出てくる。

そしてふと我に返り、昔のことを思い出して少しの間、手が止まる。

その繰り返しだった。

しかし、今は止まるわけにはいかない。何しろあと十日しかないのだ。いや、日を跨《また》いだから九日か。もう物語を紡ぐ力を失っていて、今しているのがただ出涸《でが》らしを絞り続けるのに似た行為なのだとしても、やるしかない。

しかし、シーンを書き付けた付箋紙を並べ替えようとしたとき予想外のことが起きた。

インターホンが鳴ったのだ。

悠人は驚いてドアの方を見る。

常識的にありえない時間の訪問だ。

けれど、すぐに一つの予感が頭をもたげ、悠人は立ち上がった。

まさかと思いながらドアスコープを覗《のぞ》き見《み》て「まじか……」と小さく呻《うめ》く。

そしてゆっくりドアを開けた。

「先輩、こんばんは。夜分遅くに失礼します」

そこにいたのは琴葉《ことは》だった。

ほんのり肌の透ける白いリネンのシャツに、ゆるやかにフレアがかかった花柄のスカートを合わせ、足元は涼しげなデザインのサンダルだ。夏の夜の風に髪を揺らす彼女の目には、隠しきれない熱が宿っている。

夜という時間のせいだろうか、琴葉から普段より艶《あで》やかな空気を感じてしまい、悠人は僅かに視線を逸《そ》らしながら言う。

「こんな時間に来たんだよ」

「何って、脚本作りの打ち合わせに決まってるじゃないですか」

悠人はその言葉を聞いて、驚いたり怒ったりするよりも、まあそうだろうなと諦めつつ納得してしまう。琴葉の無鉄砲ぶりに慣れた自分に対して内心ため息を吐《つ》いた。

「じゃあ、早速部屋で打ち合わせをしましょう」

「いやいや、だめだろ。こんな夜に、ひとり暮らしの男の部屋に女子が入るなんて」

「えっ、先輩、ひょっとして変なことするつもりですか？」

琴葉が身を硬くして、若干引いたように悠人を見る。

「そんなことするか！」

悠人が慌てて否定すると、

「じゃあいいじゃないですか」

琴葉はそう言って部屋に上がっていく。

その後ろ姿を見ながら、何を言っても無駄なのだろうと、悠人は諦念のこもった深いため息を吐いた。

それからテーブルの上に散らかった付箋紙やら何やらを片付け、麦茶を入れたりしてから、悠人はローテーブルを挟んで琴葉と向き合って座った。

妙な気分だった。

部屋に他人を入れたのは初めてだし、それがまさか後輩の女子だ。しかも日付の変わった深夜。いけないことをしているようで、視線を合わせるのすら何となく躊躇《ためら》われる。

そんな後輩女子の琴葉が綺麗《きれい》に正座して、ローテーブルに手をついて頭を下げた。

「改めてありがとうございます。脚本、引き受けてくれて」

喜びと興奮を隠しきれない口調だった。

「何度目だよ、それ。もういいよ、礼なんて。だいたいおまえが嵌《は》めたんだろ」

「ふふ、すみません」

琴葉は顔を上げていたずらっぽく笑う。その様子は普段とまったく同じで、悠人は自分だけ緊張しているのが馬鹿らしくなって小さく息を吐く。少し落ち着いてきた。

「反省してないだろ……。まあ、おまえの企《たくら》みはあったにしろ、あの場でいい加減な気持ちで批評をしたのは僕だしな。今度、購買のメンチカツパンおごれ。それでチャラだ」

「そんなのでいいんですか？　先輩がどうにも業腹《ごうはら》だって言うなら、わたし、学校で衆人環視のもとで土下座くらいしますよ？　そのくらいのことはしたと思ってますし」

「おまえはそこまでのことはしてないし、土下座とか絶対にやめろよ……？」

少なくとも見目だけは麗しい後輩の女子に、万が一にでも土下座なんてさせようものなら周囲からどう見られることか。悠人は残りの高校生活をまともに送れなくなるだろう。

「そういえば、今日劇場から帰ったあとに打ち合わせの連絡をしようとして気付いたんですけど、わたし先輩の連絡先、知らないんですよ」

「それで直接うちに来たのか……」

悠人は呻いた。

「でも、僕はメッセージアプリとか、SNSとかはやらないことにしてるんだ。電話とメールでも大丈夫か？」

作家として活動していた頃も、対面での打ち合わせが必要ない場合は、メールで原稿を送り、電話で打ち合わせをしていた。

悠人の言葉に琴葉は意外そうな表情を浮かべた。

「通話無制限のプランだから大丈夫ですけど……じゃあ、Xとか Instagram とかそういうのも全然？」

「ああ。時間の無駄だからな」

悠人は琴葉と連絡先を交換した。それが高校に入ってから初めて追加した連絡先だというのは、哀れまれそうなので黙っておいた。

「じゃあ、早速なんですけど、脚本について先輩は何か考えがありますか？　もしなければわたしの方からいくつかネタの提案を――」

「プロットを一本書いてみた」

「そうですよね。じゃあ、まず一つ目なんですけど……えっ？」

琴葉が悠人の顔をまじまじと見つめる。

「あの、プロットって言いました？　書いてみたって？」

「ああ、言った。ここにある。だけど、うちのプリンタ、しばらく使ってなくて埋もれてるからメールで送る」

そう言って、悠人はノートパソコンをテーブルに置いて、スリープから起動する。

二時間ほど前にプロットの草稿はできあがっていた。A4で五枚、上演時間としてはだいたい五十分の尺になるだろう。先ほどまで付箋紙を見て唸《うな》っていたのは、そのプロットを練り直していたのだ。

「み、見せてください」

悠人がメールソフトを起動していると、琴葉の震える声が聞こえた。いや、琴葉がそう言ったのはどうでもよかった。もっと重要なのは、彼女がいつの間にか悠人の隣に——それも身体《からだ》が触れ合わんばかりの距離に座ったことだった。

「お、おい……！」

理解はできる。メールで送ったA4のプロットをスマホで見るより、パソコンで見た方が見やすいだろう。だが、そういう問題ではない。

「これですか？　これですね？」

琴葉がぐいぐい悠人の身体を押してくる。その柔らかな感触と甘い匂いに悠人は一瞬くらりとしたが、琴葉が息を詰めて瞬き一つせずプロットに目を走らせる様子を見て、すっと頭が冷えた。

少しだけ琴葉から離れて背筋を伸ばし、固唾《かたず》を呑《の》んで彼女が読み終わるのを待つ。

プロットは、簡単に登場人物をまとめた表と、数行で起承転結を書いたあらすじ、そしてその起承転結を場面ごとに細かく切り分けたハコガキと呼ばれるものからなっている。

それは悠人が作家として小説を書いていた頃から変わらない彼のスタイルだった。世の中には数行のあらすじのみで書き始めてしまう作家もいるらしいが、悠人は割ときっちりプロットを仕上げるタイプだ。

やがてタッチパネルディスプレイから琴葉の指が離れる。読み終えたのだ。

悠人はじっと琴葉の言葉を待った。

けれど、彼女はなかなか話し始めない。

何かを思い詰めたように、じっと目を瞑《つぶ》っている。

意味深な間だと悠人は思った。軽く胸を締め付けられるような緊張に襲われる。

不意に、琴葉が深くため息を吐いた。

悠人は耐えられなくなって目を閉じた。

やはり駄目だったのか、と弱気が首をもたげる。

三年前と同じなのかもしれない。必死で書き上げた物語が、編集者たちにことごとく切って捨てられたときと。

自分では悪くない出来だと思っていたが、こういうのは読める人間に客観的に見てもらった方が良《よ》し悪《あ》しがはっきりするものだ。そして、琴葉は恐らくその役を担うのに十分な力を持っている――と思う。

「やっぱり、もう一度、作り直した方がいいかもな……」

琴葉の言葉を待ちきれず、悠人は諦め混じりにそんな言葉を口にした。しかし、

「えっ？」

琴葉は悠人の予想に反して戸惑いの声を上げた。

「えっ、て……え？」

「作り直す必要なんてないですよ⁉　いいと思いました！　難病モノの王道ストーリーに、ファンタジーの要素が少し入っていて面白そうです。さすが先輩」

「……」

悠人はがっくりと頭を落とし――けれど少しだけ安堵《あんど》の息を吐いた。

「紛らわしい奴《やつ》だな……。さっきのため息は何だったんだよ」

「へっ？　わたし、ため息なんてしてしまいました？」

琴葉はきょとんとした顔になった。

「無意識かよ……。要するに、方向性はいいけど、直しは必要ってことなんだよな？」

「はい、そう思います」

即答だ。だが、悠人もそんなことではしょげない。かつては本職の編集者と仕事をしていたのだ。ダメ出しを喰《く》らうなんて日常茶飯事で、しかもそれが物語をよくするのに必要なことだと知ってもいる。手当てのしようがないほどに悪いのでなければ、そして面白いと思えるのであれば、直すことができるのだ。

「どこだ？」

悠人が琴葉に見せたプロットの内容はこうだ。

主要なキャラクターは二人。

主人公は駆け出しの死神・蓮《れん》。ヒロインは難病を患っている女子高生・ひより。そこに上司の死神や、クラスメイトなどが加わるかたちだ。

ストーリーはいわゆる難病モノに『死神』というファンタジー的要素を組み合わせることで味付けをしている。

主人公・蓮は、ヒロイン・ひよりの命を天へと送り届けるため、高校生に扮《ふん》して彼女に近づく。ひよりは蓮を連れ回して、これまで行きたかった色々な場所へ行く。

自分の死期を悟りながら明るく生きるひよりに、蓮は次第に惹《ひ》かれていき、命を送り届けるという任務を果たせなくなってしまう。

そこへ別の死神が現れ、任務を遂行できなくなった蓮の代わりにひよりの命を奪おうとするが――といった感じだ。

演劇部の脚本にも死神という要素こそあったが、キャラクターの設定やストーリーは完全に別物にした。

「そうですね。いちばん大きなところでは、主人公の『死神』の設定を生かし切れてないってとこでしょうか」

「ふむ」と悠人は唸って、琴葉の言葉の続きを待った。

「前半は蓮とひよりが心を通わせていくパートですよね」

琴葉が画面に表示されているプロットを指差し、悠人はそこを覗き込んだ。微《かす》かに肩が触れ合うが気にならない。琴葉が指摘した箇所は、まさしく悠人も作品としての弱さを感じていた部分だったのだ。その事実が悠人の意識を創作へと集中させた。

「ここって、普通の高校生同士が仲良くなるのとあんまり変わらないと思うんです。死神である必然性がありませんよね」

「必然性はある。そこは死神だからこその蓮の葛藤を描くんだ。死神であることを隠している罪悪感とか、ひよりに情が移っていくことへの恐れとか」

「でも、やっていることは普通の高校生同士の日常ですよね。弱いと思います」

「確かに、そうだな」

琴葉のコメントに、悠人は一度反論するだけですぐに同意した。作品の方向性を共有するためにもともとの作意を告げておきたかったし、琴葉が自分の意見にどのくらい自信を持っているのかも知っておきたかった。だから敢《あ》えて反論したのだ。

「死神の設定を生かす、か」

悠人はそれだけ言って黙考した。いくつかの選択肢が頭の中に浮かんでは消える。神経回路が焼けるようだった。物語を創るという行為は、すなわち無数に枝分かれした可能性から一つを選び取っていくことに他ならない。それは他の可能性を全て打ち捨てるということでもある。それらの可能性がどれほど魅力的に思えたとしても。

しばしの思考の後、悠人は一つの道筋を見出《みいだ》した。

「蓮が死神であることは、最初のプロットポイントでひよりにばらしてしまう」

「プロットポイントは、ストーリーの最初から四分の一の地点のことでいいですか？」

「ああ、それでいい。さすがによく知ってるな」

「そのくらいは、まあ」

琴葉が照れくさそうにはにかむ。

ちなみにプロットポイントとは、アメリカの脚本家が定式化した『三幕構成』におけるターニングポイントのことだ。ストーリー全体を三幕に分け、第一幕の最後に物語が本格的に動き始めるシーンを入れる。そこが最初のプロットポイントだ。琴葉がそれを四分の一の地点と言ったのは、三幕構成においてはそれぞれの尺がだいたい1対2対1で構成されるからに他ならない。

琴葉はテーブルに視線を落としてしばし沈黙した後、小さく頷《うなず》いた。

「いいですね。死神であることを第二幕の最後——つまり第二プロットポイントまで隠すのは、少し引っ張りすぎだと思ってたんです。第一プロットポイントにそれをもってくることで、ストーリーに盛り上がりが出ます。それに第二幕以降、死神の設定を使いやすくなりますし」

「第二幕はどんな内容がいいと思う」

「蓮とひよりの二人で、一緒に死神の仕事をするんじゃないですか？」

「だな」

悠人は思わずにやりと笑った。打てば響く。本格的に打ち合わせを始めてまだたった数分間ではあったが、琴葉の力量を悠人は感じ始めていた。物語に対して的確なコメントをするだけではなく、作家とともに創ることもできる。しかも、かなり高い精度で。悠人は何人かの編集者と一緒に仕事をしたことがあったが、それに近い感覚がある。

そう考えたとき、背筋にぞくりとした感覚が走った。

それは彼女と創ればまたいい物語を紡げるかもしれないという喜びに満ちた予感。

しかし、だが、でも、けれど——

もし創り上げた物語が駄作になってしまったら？

才能のなさをもう一度突きつけられて、自分はどうなってしまうのだろう。

「先輩？　どうかしました？」

悠人の異変を感じ取ったのか、琴葉は怪訝《けげん》そうに首を傾《かし》げる。

「いや、何でもない。続きをやろう」

今は――今だけは、目の前の創作に集中しよう。そう自分に言い聞かせる。中途半端なものを、演劇部の彼らに渡すわけにはいかない。

それから打ち合わせを続け、ストーリー、キャラクター、世界観をまとめていった。

特にキャラクターに関しては、琴葉がある『資料』を準備していた。

その内容を確認して、悠人は驚きのあまり呻き声を上げた。

「おまえ……これ自分で作ったのか？」

「はい！」

悠人の感心したような声に気を良くしたのか、琴葉は弾んだ声で答えた。

「どうですか？　役に立ちますか？」

「ああ、助かる」

悠人が答えると、琴葉は黙り込んだ。

「何だよ、急に黙って」

「いえ……」若干怯《おび》えたような声で琴葉は答える。「先輩がそんな素直にお礼を言ってくれるなんて、何かあるんじゃないかと思って……」

「人を礼儀知らずみたいに言うな。いつもはおまえの行動が突飛すぎてそんな機会がないだけだろ」

「えーっ？　そうですか？」

打ち合わせはそんな感じで続き、時折、脱線もした。

「ところで、この前の直木賞、読みました？」

「ああ、時計職人のやつな。読んだよ」

読書量は全盛期とは比べるべくもないが、それでも主要な賞の受賞作や話題の新刊は読んでいる。

「お、どうでした？　わたし結構好きなんですけど」

「僕もよかったと思う。まず作品全体に流れる静かな空気に呑み込まれたな。それに主人公がひたむきに時計造りに向かい合うのもよかった。さすが直木賞受賞作だ。幼なじみとの恋愛要素はいらないんじゃないかと思ったけど……」

「ええーっ⁉　あれがいいんじゃないですか。絶対いりますよ」

打ち合わせの中で、そんな脱線はたびたび起きた。世間話や好きな小説、ドラマ、映画、マンガの話題。雑談とも思える会話だ。これまでも何度かそういった会話はしてきたが、創作行為の最中だからだろう、普段より分析的で深入りした議論になっていた。

「こうして話してると、アレですね、先輩」

隣に座る琴葉が、何やらもじもじしながら言う。

「何だよ。変なこと言うなよ？」

「変なことじゃないですよ。ただ……」

「ただ？」

「なんかこう……」

「なんかこう？」

「恥ずかしいですね」

「……ああ」

言いたいことは何となく分かった。雑談のような会話から、悠人は琴葉の好きなストーリー展開、キャラクター造形、世界や小道具の設定——要するに創作に関する好みや癖のようなものを感じ取っていた。それは逆もしかりだろう。

「創作の癖がバレるなんて、性癖知られるようなもんだからな」

「先輩、それセクハラですよ」

悠人は何を言われたのか、一瞬理解が追いつかなかった。

「……いや、違うって！　性癖っていうのは、そういう意味じゃなくてだな。僕が言いたかったのは、」

「冗談ですよ」琴葉が笑う。「分かってます。性質上の偏りや癖、の意ですよね。性的嗜《し》好《こう》じゃなくて」

「……勘弁してくれ。あと女子高生が性的嗜好とか言うな」

それからも打ち合わせは続いた。

二人きりで肩を寄せ合いながら、ただひたすらに一つの物語を創り上げていく。

そんな熱に浮かされた時間を終わらせたのは、部屋に差し込んできた陽《ひ》の光だった。

「あ、朝ですね」

「ああ、うん」

悠人は両腕を上に伸ばして固まった身体をほぐした。全身に疲労感があったが、頭の芯は火がくすぶっているように熱かった。

「日の出を見るなんて久しぶりです」

「ああ、僕もだ」

眩《まぶ》しさに目を細めながら応える。

山稜《さんりょう》をオレンジに染めるように太陽が顔を出し、上空にはまだ少しだけ夜の色が残っていた。

「ふふ。夜明けの空を二人で見てるなんて、何だかエモいシーンですね」

琴葉が冗談めかして言う。

「陳腐なシチュエーションだな」

「ですね」

「書き直し《リライト》が必要か？」

「いりません。物語には『お約束』だって必要なんですよ」

ふふふ、と琴葉は笑う。徹夜でテンションがおかしくなっているのかもしれない。

けれど少し気分が変になっているのは悠人も同じで、陳腐だと言ってみたシチュエーションが、これまでに経験したことがないどころか、実はこれからも二度とは得られない大切なものなんじゃないかと、そんなことを感じていた。

琴葉があくびをかみ殺し、眠そうに目をこする。

「そろそろ帰りますね。このまま寝ちゃいそうなので……」

「大丈夫かよ。途中まで送って行くぞ」

「いえ、平気です。それより先輩も早く寝てください」

「いや、僕はこれから脚本書くよ」

打ち合わせで改変したプロットは文字に起こしてこそなかったが、頭の中に入っている。あとは書くだけの状態だ。

「今からですか？　先輩もちょっと寝た方がいいんじゃゃ……」

「時間もないしな。それに今は頭も動いてるし、アイデアが熱いうちに書きたいんだ」

琴葉は一瞬、黙り込んだ。そして、

「えへへ」

と嬉《うれ》しそうに笑った。あの手この手で悠人に物語を書かせようと迫ってきた強引な琴葉にしては、率直でどこか儚《はかな》く、そして子どもっぽい笑い方に思えた。疲れと眠気がそうさせたのかもしれない。

と、そのとき琴葉がけほけほと咳《せ》き込《こ》んだ。

「何だよ、風邪か？」

「違いますよ。一晩中話してて、喉が痛いんです」

言われて、悠人も自分の喉が少しひりついていることに気づいた。

「そっか。早く帰って寝ろよ」

「はい」

「脚本できたら、また送るから」

「楽しみにしてます」

本当に楽しみにしていることが表情と声音から伝わってきて、悠人は苦笑した。

なんだってこいつはこんなに僕の話を楽しみにしてるんだ――という素朴な疑問が浮かび、それは前から抱いていた疑念の種を少しだけ生長させた。

「おまえさ……」

「はい？」

「いや、やっぱりいい」

知っているはずがない。『冬月春彦《ふゆつきはるひこ》』は覆面作家であり、年齢を除いて個人情報は秘匿されている。だからここで何かを尋ねるのは、それこそやぶ蛇というものだろう。

中途半端なところで話を切り上げたから追及されるかもしれないと少し身構えた悠人だったが、いくら待っても琴葉は何も言ってこなかった。

けれど、その理由はすぐに分かった。

甘やかな匂いとともに、肩に心地《ここち》好い重みを感じたのだ。

驚いて隣を見ると、いつの間にか眠ってしまった琴葉が悠人にもたれかかっている。

「お、おい……」

どぎまぎしつつも、その安らかで無防備な寝顔にため息を吐いた。

悠人はベッドに手を伸ばして薄手のタオルケットを取り、そっと琴葉にかけてやった。

それからパソコンに向かい、頭の中にある物語を脚本にするためキーボードに指を置く。

夜明けの部屋にカタカタというタイピングの音が、まるで寝息のように緩やかなリズムで響いた。

◆

一週間が経《た》ち、七月は終わって八月に入っていた。

校舎四階にある演劇部の部室に届く蟬《せみ》の声はどこか遠い。

時刻は午前十一時。空き教室を使った部室にエアコンはなく、汗ばむような熱気が籠もっていた。開け放たれた窓からときおり吹き込んでくる風だけが申し訳程度に涼を運んでくれるが、総勢二十名の部員に悠人ひとりを加え、さらには劇で使う大道具、小道具、それに衣装やらが詰まった部屋の暑苦しさと埃《ほこり》っぽさはいかんともしがたい。

悠人は落ち着かない心持ちで、部室の椅子や床にばらばらに座る部員たちの様子を見守っていた。誰も言葉を発しない。額に汗を滲《にじ》ませ、ときどきそれを拭うだけ。彼らは皆一様に、手にしたA４コピー用紙の束に視線を落としていた。

それは悠人が今朝方、学校のプリンタを使って印刷した脚本だった。

書き終わったのは昨日。一晩で推敲《すいこう》を終わらせて、それから少し予想外の出来事はあったものの、できた脚本を読んでもらうため、部長の渡辺《わたなべ》に連絡をして部員を集めてもらった。従ってこの脚本を悠人以外が読むのは、これが初めてだった。

琴葉もまだ読んでいない。さらに言えば、琴葉はこの場にいない。

誰よりも悠人の物語を心待ちにし、さらには編集者としてその役を担うべきであった琴葉は、しかし風邪で体調を崩し、今日この場所に来ていなかった。

正確には、悠人が自宅待機を命じたのだ。


昨夜のことだ。

『原稿、どうですか？』

それは琴葉からの進捗確認のメールだった。

違和感を覚えた。

彼女の性格なら電話か、あるいは直接訪ねてきても不思議ではないと思ったのだ。ちょうど初稿を書き上げたところだった悠人は、すぐにスマホを手にしているであろう琴葉に電話した。だが、すぐに繋《つな》がると思った電話はなかなか繋がらなかった。ようやく琴葉が出たのは十回目のコールであった。

「はい、どーしました？」

そう言う琴葉の声は作り物めいた軽さがあり、しかも掠《かす》れていて、悠人はピンときた。

「風邪か」と訊《き》くと、しばしの沈黙の後、琴葉は観念したように「はい」と答えた。

「で、でも、大丈夫ですから！　原稿どうですか？」

「できた」

「さすが先輩！　送ってください！」

「だめだ」

琴葉が電話口の向こうで言葉を詰まらせたのが分かった。

ややあって少し沈んだ声が聞こえてきた。

「わたし、言ったじゃないですか。命を懸けて編集の仕事するって」

「ただの風邪で大げさな。とっとと治せ。原稿は先に演劇部に見せて意見をもらっとく。おまえが読んで直すのは、それからでも遅くないだろ」

「でも……」

「万全じゃない奴に読んでもらっても信用できないんだよ。いいから休んでろ」

悠人がきっぱりと返すと、琴葉は弱々しく「はい……すみません」と答えて、電話は切れた。少し言い過ぎたかと思ったが、そうでもしないと琴葉は無理をして原稿を読み、さらには体調不良を押して打ち合わせをすることになっただろう。

がた、と音がして悠人は意識を引き戻された。

顔を上げると、一人の女子部員が部室から慌ただしく出て行った。

彼女のいた机には原稿が残されていたが、それは裏返された状態になっている。読み終わったということなのだろうか。

今の女子部員の行動は何だったのだろう。

トイレにでも行ったのだろうか。それにしてはやたら慌ただしかったが。

まさか――原稿の出来に怒って部室を去った？

悠人はそんな不安に駆られた。

部長に依頼を受けたとはいえ、部員たちにとって悠人は自分たちの脚本に難癖をつけた部外者だ。そんな部外者が、これが新しい脚本だと持ち込んだ原稿の出来が悪かったら――それは激怒されてもしかたないだろう。少なくとも、悠人がその立場だったら怒る。

暑さのせいではない、嫌な汗が背を伝う。

そのとき、部室にさらに異変が起きた。

女子部員が三人、男子部員が二人、同じように部室から逃げるように出て行ったのだ。

これは相当にまずいのかもしれないと悠人が思った、そのときだった――

蟬の声の響く部室に、洟《はな》をすする音と微かな嗚咽《おえつ》が混じった。

悠人は部室を見渡し、息を吞んだ。

最後のページに視線を落としたまま放心している者がいた。

両手で顔を覆って、肩を震わせて何かを堪えている者がいた。

隠れて涙をこぼす者がいた。

彼らは何とか自分の感情を抑えようとしているようだったが、沸騰する鍋に蓋をしたように、その努力はむしろ感情を溢《あふ》れさせているようだった。

悠人は彼らの様子を呆然と見ていることしかできなかった。

作家として活動していた頃ですら、こんなふうに目の前で誰かが自分の物語を読む様子を見たことはなかった。

だから頭では何が起きているのか理解できても、そこに実感がついてこなかった。

けれど、間違いない。

自分の創った物語は、きっと彼らの心を揺さぶったのだ。

やがて部室から出て行った部員たちが戻ってきて全員が揃《そろ》ったとき、

「……皆、いいか」

渡辺の声が響いた。

部員たちが顔を上げて、窓際のいちばん後ろの席に座っている渡辺を見た。

涙を堪える素振りも感極まっている様子もなかったが、その表情は真剣そのもので、悠人を含めた全員が自然と背筋を伸ばした。

「この脚本、どう思った」

自分の感想は言葉にも表情にも出さず、渡辺は言う。

「好きに話し合ってくれ」

そして、それを皮切りに部員たちは近くの者と感想を交換し始めた。

「どうだった？」「やばい。めっちゃ泣けた」「ひより可愛《かわい》かった」「いやいや、いちばんは蓮でしょ」「サブキャラもよかったよね」「これあの人が書いたの？　どうなってんの」「プロ並みじゃない？」「これ一週間で書いたってまじかよ」「脚本《ホン》だけで泣いたとか初めて」

部員たちの感想がさざめきとなって部室に満ちる。

感じたことを話さずにはいられないのだ。

けれど一方で誰とも話さず、じっと脚本に視線を落とすだけの部員も何人かいたが、その多くが先ほど部室から出て行き、それからまた戻ってきた者たちだった。よく見ればその目元は赤く腫れており、それで彼らが部室を出て行った理由が悠人にも察せられた。

黙って俯《うつむ》いていた女子部員の一人が顔を上げる。

「あの、すみません」

その言葉は悠人に向けられたものだった。

「ひより役って、まさか私ですか？」

探るように話しかけてきたのは、副部長の女子生徒だった。悠人はやや気後《きおく》れしつつ口を開いた。これまでずっと緊張して無言のまま部員たちの様子を見ていたので口内が粘ついていた。

「……どうしてそう思った？」

「読んでて思ったんです。この子、私とそっくりだなって。私は別に病気とかじゃないし、もちろん死神に会ったこともないけど、たぶん、こういう立場に置かれたら、こんなこと言ったり、こんなふうに行動するんだろうなって、なんか自然に思えて」

女子部員のその言葉に、悠人はほっと息を吐く。

「……それならよかった」

「え……？」

女子部員は不思議そうに眉をひそめたが、悠人はそれ以上は答えなかった。

実のところ、悠人はその女子部員のことを知っていた。

名前は樋川翔子《ひかわしょうこ》、演劇部の三年生で副部長。演技が上手《うま》く、主役級の役を務めることが多かった。そのいくつかの作品と役名を悠人は記憶していた。おっとりしているが実はしっかり者の性格が役柄とマッチすると、かなりいい演技をするらしいことも。さらには家族構成から好きなものまで。

「俺もだ」と別の部員が声を上げる。「俺は、読んでるあいだ、自分が蓮なんだって思った。死神の気持ちなんて想像もできなかったけど、死んだ人の魂を運ぶ仕事の考え方とか、ひよりへの想《おも》いとか、なんかすげえすんなり入ってきてさ」

戸川勇治《とがわゆうじ》、三年生。やはり主役級の役を張ることが多い。少しチャラチャラした性格だが、役としてはむしろ真面目で物静かなキャラクターを演じた方が上手いらしい。

他の黙り込んでいた部員たちも自分がいちばん肩入れした登場人物の名を挙げて、どうしてそれほどに心惹かれたのか不思議そうに首を傾げて周囲と話していた。

大した奴だ、と悠人は琴葉のことを思う。

種明かしをすれば単純なことだった。

プロットの打ち合わせをしたあの夜、琴葉が用意してきた『資料』には演劇部の全役者の情報が事細かに書かれていたのだ。だからこそ悠人はほとんど会ったこともない部員たちの名前を知っていたし、これまでの役から性格までを把握していた。それゆえ、役者に合わせて登場人物を創る――当て書きをすることができた。

そんなことをしたのは悠人も初めてではあったが、演劇部にあまり時間が残されていないことを考えると、登場人物が役者に合っているというのは脚本を選ぶうえで重要な要素だ。実際、悠人の書いてきた脚本は、特に当て書きをした部員たちに刺さったのだろう。少なくとも読後に部室から出て、一人になって頭を冷やさなくてはならないほどに。

当て書きの重要性に気付けたのは、琴葉が資料を持ってきたからだった。

資料を作るのに彼女はいったいどれほどの時間と労力をかけたのだろうか、と原稿を書き終えたときに悠人は思った。色々な人から――恐らく役者本人や演劇部だけでなく、クラスや、ひょっとしたら別の学校の友人や家族にまで聞き込みをしたうえで、さらに過去の劇の録画を何本も繰り返し観《み》たのだろう。

編集者になりたいという彼女の熱意は本物で、たぶん素質もある。そのことを認めざるを得ない。

「部長、私、この脚本で演《や》りたい」

「俺もだ」

樋川翔子と戸川勇治が言うと、他の役者たちも頷いて部長の渡辺を見た。渡辺はそんな彼らの覚悟を推し量るように、しばらくの間じっと彼らを見つめ返した。

「練習の時間もそんなにはとれない。今の脚本のままって選択肢もあるんだぞ」

その言葉にある者は苦笑を浮かべ、ある者は真面目な顔をして渡辺を睨《にら》んだ。

「部長、思ってもないこと言わないでよ」樋川翔子が呆《あき》れたように言う。「これを読んだ後に、どうしてそんな選択肢があるのよ。私たちを見くびらないで。妥協はしないよ」

「だな」と戸川勇治が不敵に笑う。他の者たちも――役者だけでなく、演出も、衣装も、小道具も大道具も、照明も、音響も、当然だという表情を浮かべていた。

渡辺は目を閉じて押し黙った。

やがてゆっくりと瞼《まぶた》を開き、立ち上がる。

その視線は、鋭く悠人を射貫《いぬ》いていた。

「せっかく書いてもらったけど、この脚本は問題だらけだ」

渡辺の言葉の厳しさに、悠人は思わず目を見張った。

他の部員たちもぎょっとしたような表情を浮かべている。

「演出が大がかりで予算やスケジュールが合わないし、内容も規定時間に収まらない」

渡辺はきっぱりと告げると、悠人を睨んだまま再び黙り込んだ。

重苦しい沈黙が流れる。

部室には蟬の声が遠くから響いてくるだけ。

空気の流れすらよどんだように感じられたそのとき、渡辺が口を開いた。

「だが——裏を返せばそれだけとも言える」

「……え？」

間の抜けた声が出た口を閉じることも忘れて、悠人は立ち尽くした。

「それだけだ。だめな理由は、たったそれだけだ。あんたならすぐに直せると思う」

渡辺は息を吐き、それからこれまで以上に真剣な眼差《まなざ》しで悠人を見た。

「頼む。俺も、この脚本でやりたいんだ。やらせてくれ」

渡辺がゆっくりと頭を下げる様子を悠人は呆然と見ていた。

信用されていないと思っていたし、嫌われているだろうとも思っていた。

そんな渡辺が頭を下げていることが、信じられなかったのだ。

いや、と思い直す。

たぶん、渡辺は実際に悠人のことを信用していなかったし、嫌っていたのだろう。あるいは今もそうかもしれない。そして、悠人がそれを感じ取っていることも理解している。

だから渡辺は悠人に向かって頭を下げているのだ。

様子を見守る部員たちに視線を遣《や》ると、彼らも部長の性格を分かっているのか、やれやれといった表情を浮かべていた。

「頭を上げてくれ」

「いや、でも……」

「この脚本はもともとあんたたちに演じてもらうために書いたものだ。劇がよくなるなら、直しくらい、いくらでもする」

「そ、そうか……」渡辺はゆっくりと顔を上げた。「その、なんだ……」

渡辺が言いよどむと、演劇部の誰かが声を出した。

「もう、めんどくさいなー、部長！」

「なんだと！」

と渡辺は声のした方を見る。

「そこは『ありがとう、よろしく頼む』、でしょ！」

そうだそうだ、と部員たちが楽しそうにはやし立てる。

渡辺はぐっと言葉に詰まりつつ、悠人に向き直った。

そして諦めたように深くため息を吐いた。

「ありがとう……その……よろしく頼む」

「ああ、こちらこそ」

悠人はそう応えたが、我慢しきれずにふっと噴き出した。

それを呼び水に部員たちも笑い出し、部室は賑《にぎ》やかな声で溢れる。

悠人は安堵の息を吐いて、それからスマホを取り出した。

結果を知らせなくてはいけない。この大事なときに風邪を引いた、あの間抜けな編集者に。しかし発信ボタンを押そうとしたとき、

「えっと、柊《ひいらぎ》くん、だったよね？」

悠人だけに聞こえるような囁き声《ささやごえ》——樋川翔子が悠人の前に立っていた。

少し困ったように彼女の眉尻は下がっている。

「なんだ？」

「その……言うかどうか迷ったんだけど、実は、さっき——」

「何やってんだよ……」

「ちょっと今話しかけないでください。読んでるんで」

空調の利いた保健室で、女子生徒がベッドに座ってＡ４紙の束に視線を落としたまま答える。風邪で寝込んでいるはずの——ついでに言えば悠人が自宅待機を命じたはずの——

夏目《なつめ》琴葉だ。副部長の翔子が脚本を読み終えて部室を出たとき、琴葉からメッセージが届き、脚本をこっそり持ってきてくれるように頼まれたらしい。ちなみに翔子は副部長として、琴葉が部長の渡辺から劇を観てくれるよう依頼を受けるときに同席しており、それ以来、琴葉とはスマホでメッセージをやり取りするような仲らしい。

「無駄よ。夏目さん、それを読み始めてから何度か声をかけたけど、全然止まらないから。待つといいわ」

少し離れたところで顔に諦念を浮かべる養護教諭が、そんな役にも立たないアドバイスをくれた。

「そうですか……」

悠人は言われるがまま、ベッド脇の椅子に座って琴葉が脚本を読み終えるのを待った。

およそ十分が経過して、ようやく琴葉は顔を上げた。

「あれ？　先輩、どうしてここに……？」

「いや、さっきも話しかけただろ」

「えっ、うそっ⁉」

はあ、と悠人は深くため息を吐いた。

「何やってんだよ。休んでろって言っただろ」

「だ、だから保健室で休みながら読んでます」

「目が泳いでるぞ」

琴葉は「翔子ちゃんの裏切り者……」などと恨みがましく呟《つぶや》く。

「樋川さんは関係ないだろ。迷惑かけるなよ」

「だって……どうしても読みたかったんです……」

言い訳にもなっていないような琴葉の弁解を聞いて、そしてしょんぼりと沈んだその表情を見て、悠人の心がちくりと痛む。

「……気持ちは分かる」

「えっ？」

「編集者を通さずに客に原稿を見せることになったら、嫌だよな」

自分の手がけた作品が、自分を素通りして誰かに読まれるなんてあり得ない。

スケジュール的にやむを得なかったとはいえ、琴葉にそんな想いをさせてしまったのは確かな事実。

だが、悠人の言葉に対して琴葉は少し違った角度から答えを返してきた。

「わたし……編集者ですか？」

「は？　あ、ああ、そうだろ？」

「先輩の、担当編集ですか？」

「だからそう言ってるだろ」

訳が分からず悠人が答えると、琴葉が満面に笑みを浮かべた。それは見ている方が恥ずかしくなってしまうような屈託のない笑みだった。

悠人は「何がそんなに嬉しいんだか」と呟き、視線を逸らした。

「えへへ」

「……風邪はもういいのか」

「はい、大丈夫です」

「……で、原稿はどうだった？」

悠人が問うと琴葉の表情は穏やかなものに変化した。先ほどの満面の笑みが夏の太陽のように強く輝くものだとしたら、それは暑い日に木陰に吹く涼風だった。

「面白かったです」

ぽつりと、葉を揺らすくらいの声音で琴葉は言い、それから言葉を続ける。

「蓮の苦悩、ひよりのもがく姿、それに二人の恋。全部が切なかったです。特にひよりが息を引き取るシーンでは泣いちゃいました」

「泣いてなかっただろ」

悠人は言った。琴葉が脚本を読むのを目の前で見ていたが、彼女は涙を零《こぼ》さなかったように思う。だが、琴葉がこういうときに気を遣うような人間ではないことも悠人は知っていたから、彼女の言葉は不思議だった。

「二回目だったんですよ」

「二回目……？」

「一回目はただの読者として。二回目は編集者として。分析するために、気持ちを抑えて読んでたんです。でも、かなり堪えてたんですよ」

「まじか……」

脚本を読む時間は一時間もなかったはずだ。その間に二回も読むとは。

「演劇部の人たちも感動してたんじゃないですか？」

「ああ……まあ、それなりに」

「まあ、それなりに？」

琴葉はにいっと笑った。

「もー、冷静ぶっちゃって、本当は嬉しいんじゃないんですか？」

「どうかな。まだ直しもあるしな」

「素直じゃないですねえ」

琴葉はベッドに座ったまま、にやにやしながら悠人の肩を指で突いた。

「あなたたち、いちゃつくなら他でやってくれる？」

鬱陶しげに言ったのは養護教諭だった。

　その後、体調の回復した琴葉を連れて、改めて演劇部の面々にヒアリングをした。その内容をもとに、琴葉と近所のファミレスで夜の九時頃まで修正案を練った後、悠人は自分の部屋に戻ってそのまま脚本の直しに着手し、それができたのが翌朝。すぐに改稿データを琴葉に送ったところで、疲れ果てて眠りに落ちた。

　そんな悠人を起こしたのはスマホの着信音だった。

　枕元の時計の針は正午前だ。エアコンを付け忘れていたせいで部屋は暑く、シャツは寝汗で湿っていた。

「あいつ、もう読んだのか……」

　どうせ琴葉だろうと相手の名前を確認もせずに通話をオンにする。

「どうだった、原稿は」

　第一声でそう訊いて、しかしスピーカーの向こう側で誰かが息を吞むのが聞こえた。

　その背後からは別の人たちの話し声や電話の着信音——要するにオフィスのノイズが聞こえてくる。

　それが琴葉からの電話ではないことに気付いて、寝ぼけていた頭に冷水をかけられたように急激に意識がはっきりする。

　スマホに表示された通話相手の名前を見て、今度は悠人が息を吞んだ。

「えっと……稲村《いなむら》さん……」

「柊君⁉　原稿⁉　原稿って言った⁉　言ったよね⁉」

ディスプレイを見るために耳から離したスピーカーから、それでもなおはっきりとした声が響いてくる。悠人の担当編集の稲村の声に間違いない。

「稲村さん、今のは……」

「原稿、書いてるの？」

自分がオフィスにいることを思い出したのだろう、つい数秒前の興奮は抑えられて、しかし稲村の声は小さな炎のように揺れていた。

「……はい、書いてます」

一瞬、ごまかそうかと考えた。だがこの三年間、他の人たちが離れていく中で、書くことを止めた自分に見切りを付けず、信じて待ち続けてくれた稲村に対してそれはあまりに不誠実だ。

長い沈黙が続いた。都会のオフィスの雑音が片耳をくすぐり、反対の耳にはこちらの事情など意に介さない嵐のような蝉の声が響いてくる。

「よかった」

絞り出すような稲村の声が紡いだのは、そんな短い言葉だった。

それは悠人が想像していた反応とは少し違っていて、けれどその言葉が彼女の本心から

のものだということは疑いようもなかった。

　だから、続く言葉が稲村を落胆させてしまうかもしれないと思って、悠人は少し気分が沈んだ。

「でも、小説じゃありません」

「え？　小説じゃない、って……？」

「脚本です。高校の演劇部のを手伝ってるんです」

「脚本……」と稲村がどこか呆然とした口調で呟く。

「すみません、がっかりさせて。でも、小説は、やっぱり――」

「あ、違う違う！　いいのよ！　柊君がまた物語を書いてるならそれでいいの。そりゃあ、編集者としてはいつか小説を書いて欲しいけど……。でも、今はただの一人のファンとして、あなたがまた創作をしていることが嬉しい」

　段々と鼻声になっていく稲村の言葉を聞きながら、悠人もじわりと目の奥が熱くなるのを感じて、何度か強く瞬きをした。

「……稲村さん、ちょっと重いですよね」

「柊君、ひどくない⁉」

「冗談です。すみません」

　半ば照れ隠しのように悠人は笑った。

「なんか、雰囲気もちょっと変わったね」

「そう……ですか？」

「うん。うまく言えないけど、少しオープンになったっていうか……。ところで、さっき誰と私を間違えたの？」

悠人が思わず言葉に詰まると、稲村は「ふふふ」と笑った。

「普通、演劇部の誰かだと思って流すところじゃないですか？」

「重い女を舐《な》めないことね」

「……本当にすみませんでした」

「で、誰なの？　その口ぶりだと演劇部じゃないのよね」

「後輩です。編集者を目指してるって奴で」

それから脚本を書くことになった経緯を簡単に説明する。

稲村は「ふうん」と納得したようなしていないような、微妙な反応をした。

「何ですか？」

「私がずっとお願いしてもダメだったのに、年下の女の子に頼まれたら書いちゃうんだなあ、って思って」

「後輩とは言いましたけど、性別は教えてないですよね」

「分かるわよ。重い女を舐めないで」

意外としつこいな。

「それで、どんなお話なの？」

「それはまだちょっと……」

稲村はその答えに軽く笑ってから「いいわ」と言った。

「その子のこと信用してるのね」

「……どうしてそうなるんですか？」

「柊君は、もし脚本のディレクションに少しでも不安があったら、今この場でプロの私に話そうとするんじゃないかなと思ったから。そうしないってことは、その子と上手くいってるってことかなって」

「それは……まあ。あいつ、センスはあると思いますよ」

正直に肯定するのが何となく面映《おもは》ゆくて、悠人はそう答えた。

「柊君に認められるほどの編集者志望の高校生かあ、ただ者じゃなさそうね」

「まあ、そうですね、いろんな意味で……」

悠人はこれまで散々振り回されたことを思い出しながら呟く。

「たぶん、将来は本当に編集者になると思いますよ」

今通っている高校が仮にも進学校なせいか、多くの同級生は目先の大学受験だけに意識が向いていて、琴葉のように社会に出たあとの目標を明確にイメージして行動している生徒に会ったことはない。ああいう奴が夢を叶《かな》えるのだろうなと、悠人には自然に思えた。

少し長く感じられる沈黙の後、稲村は静かに「そっか」と呟いた。

「それじゃあ、いつか私がその子と一緒に仕事をする機会もあるかもしれないわね」

それから稲村は小さく息を吐く。

「じゃあ、今日はこのくらいで。忙しいときに邪魔しちゃってごめんなさいね」

「それはいいですけど、何の用だったんですか？」

「うーん、虫の知らせって言うのかしら。ふと気になってね。で、電話してみたら、案の定、柊君がまた書き始めてた」

「さすが重い女ですね……」

虫の知らせを信じて行動するような感覚派ではなかったような気がするが、まあいいかと悠人は思い直す。そろそろ脚本を読み終えた琴葉から本当に連絡が来ているかもしれない。

悠人は最後に稲村と簡単に言葉を交わし、通話を切った。

と、間髪容《い》れずに着信音が鳴る。

今度は相手の名前を確認して、通話ボタンをタップした。

「どうだった、脚本」

悠人は通話が繋がってすぐにそう訊いた。電話口の向こうから不満そうな雰囲気が漂ってくる。

「やっと繋がったと思ったら第一声がそれですか。わたしは先輩の何なんですか。都合のいい女ですか」

「いや、担当編集だろ」

悠人の答えに琴葉が一瞬黙った後、「えへへ」と締まりのない声を漏らした。

「……それを言わせたかっただけか」

何が嬉しいんだか、と悠人は息を吐く。

「ち、違いますよっ！　それより本当に誰と電話してたんですか。脚本の話、したかったのに」

「中学のときの知り合いだよ」

「ふうん……女の子ですか？」

琴葉の声の温度が下がったような気がするが、別に嘘《うそ》は吐いていない。

「それ聞いてどうするんだよ」

「そ、それは……別に……どうもしませんけど……」

琴葉が珍しく動揺して言葉を濁す。

「それより早く脚本の話をしよう。時間もないだろ」

「……はい、そうですね」

やや不満の残る様子だったが、琴葉も今はそんな話をしている場合ではないと思い出したのだろう。

「昨日の打ち合わせで出たポイントは、この第二稿で完璧に解消されてました。ストーリーも、キャラクターも、初稿よりすごくよくできてると思います。ただ……」

「ただ？」

琴葉は「うーん」と唸りながら、言葉を選ぶ。

「わたしの中でもまだはっきりとはしてないんですけど、もう少し演劇部とのすり合わせが必要かなと思いました」

「役者とキャラクターがマッチしてないってことか？」

その問いに琴葉が考え込むように沈黙したものだから、悠人は意外に感じた。

これまでの打ち合わせで、琴葉は迷わずはっきりと意見を述べてきたからだ。それは琴葉が見せた、初めての迷いのように思えた。

「……たぶん、そういうことなんだと思います。でも、自信がありません。何度も原稿を読み込むうちに、客観的に見られなくなっちゃってるのかもしれません」

琴葉は「すみません」と呟くように言った。

「いや、謝る必要はないだろ」と悠人は返す。

「でも……」

「言ってること、分からなくはないからさ。それに黙っていられるよりずっといい。分からなければ一緒に考えればいい。作家と編集者ってそういうもんだろ」

悠人はそう言ってからしまったと思った。作家と編集者の関係性について訳を知ったふうに語るなど、墓穴を掘るにもほどがある。悠人がかつてプロの作家として活動していたことを、琴葉は知らないのだから。

だが、電話口の向こうから聞こえてきたのは「ふふ」という笑い声だった。

「……何だよ」

「先輩が気を遣ってくれるなんて、雨が降るんじゃないかと思って」

そう受け取ったのか、と悠人は内心でほっとしつつ、わざとらしくため息を吐いた。

「話を戻すと、演劇部とすり合わせるってのは賛成だ。僕も本当なら原稿を寝かせて頭を空っぽにして推敲したいとこだけど、そんな時間はないからな。演劇部ならまだ初稿しか読んでないから、第二稿を読み込んでる僕と夏目よりは今の原稿を客観的に見れるだろうしな」

そうと決まれば話は早かった。

琴葉が演劇部部長の渡辺にメッセージで簡単に状況を説明し、翌日から悠人と琴葉の二人で演劇部の本読みや演出会議、練習に同席することになったのだ。

ところで参加する前に琴葉から言われたことがある。

「部員の意見を聞いて直すことはしないでください。先輩は演劇部の人たちを見て、感じることに集中してください」

部員から上がった意見は自分のところで一旦整理して、本当に必要なものだけを厳選するつもりだ、と琴葉は言った。

悠人は少し驚いた。すり合わせと言うからには、部員たちの意見を取り入れるのだと思っていたからだ。

「どうしてだよ。編集者としてのプライドか？」

「違います」琴葉は悠人の問いに即答した。「皆の言うことを聞いてたら作品が『無難』になっちゃうからです。自信ないって言った矢先で説得力ないかもしれませんけど……。でも、わたしは先輩の個性で書かれた作品を見たいんです。それに万が一、演劇部の人たちの意見を取り入れて創った脚本が面白かったとしても、わたしが読みたいのはそれじゃない。面白ければいいわけじゃないんです」

「……編集者としてはずいぶん独善的に聞こえるけど」

あなたの作品を見たいなどと言われて、悠人はひどく面映ゆい気持ちになっていた。電話越しでよかった。

「でも、そういえばそもそも独りよがりだったな、夏目は。忘れてた」

「ひどくないですか⁉　わたしがいつ独りよがりだったんですか！」

「いや、だっていきなり教室に来て小説書けとか言ってくるし、家には押しかけて来るし、自爆して田圃《たんぼ》に落ちるし、平気で橋から川に飛び込むし」

「えっ……？」

「えっ……って、もしかして独りよがりだと思ってなかったのか!?」

しばし電話口に沈黙が降り積もり、やがて琴葉は「こほん」とわざとらしい咳払《せきばら》いをした。

「まあ、それはさておいて、先輩は誰に気を遣う必要もありません。他人の意見なんて聞かなくていいです」

「……お前の意見も聞かなくていいってことか？」

「信用できなかったら、切り捨ててください。わたしがいないことで先輩がもっといい作品を創れるなら、そっちの方がいいです」

「それは――」

少し無責任なんじゃないかと言おうとして、口をつぐんだ。

電話口の向こうから琴葉の呼吸の震える音が聞こえてくる。

琴葉はプロの編集者になるという目標に向けて経験を積むため、作家を探していたはずだ。経験を積むためなら、ここで引くべきではないのだ。だが、琴葉は切り捨てられても構わないと言った。あれほど創作に情熱を傾ける琴葉が、だ。

「分かった。だけど、僕は編集者としての夏目を信用してるからな」

悠人がそう言うと、

「はい」

と心底嬉しそうな琴葉の声が耳を打った。


それから演劇部の練習に参加しながらの改稿作業は順調に進んだ。登場人物の性格を微調整し、人となりが伝わるようなエピソードを追加したり、あるいは削ったり。すでに劇の練習が始まっていたのであまりに大きな改稿はできなかったが、それでも少しずつ、着実に脚本はよくなっていった。

部員たちのことをよく知るためだとか何だとか言われて、気付けば発声練習や走り込みにまで参加させられたのは悠人にも想定外だったが。

そんな経験も、中学、高校とも帰宅部だった悠人にとっては新鮮だった。

そうして改稿もある程度落ち着いた頃。

「僕はどうして水族館にいるんだ……？」

正確には水族館のある大きな公園のような場所に悠人は立っていた。園内にはカフェや土産物店などがあり、さらに一角には観覧車まである。夏休みの午前中の園内はそれなりに賑わっていた。

「どうしてって、言ったじゃないですか先輩。息抜きですよ」

「いや、そんなこと聞いてないんだが……」

昨夜、琴葉から時間と待ち合わせ場所だけが記されたメールが突然送られてきたのだ。それでのこのこ出てきてしまう自分も自分だと思うが。

「まあまあ、細かいことは気にしないで。今日は演劇部も休みだし、脚本の方ももうほとんど完成ですよね」

琴葉の言葉通り、脚本についてはあとは細かい台詞《せりふ》の直しくらいだ。

舞台装置や小道具はすでに決まっており、演劇部が順調に制作を進めている。いちおう受験生なんだが、と言おうかとも思ったが止めておいた。その理由の一つは、最近はかなり根を詰めて執筆をしていたので、息抜きがあってもいいと思ったから。もう一つは、楽しそうな琴葉の様子に水を差すこともないと思ったからだ。

二人はチケットを買って入館した。

「それにしても、こんな場所あったんだな……。淡水の水族館は初めてだ」

そこは全国的にも珍しい淡水の生き物を集めた水族館だった。

「わたしも初めて来るんですけど、割と有名らしいですよ。あ、すごいですね。雰囲気出てる」

一歩館内に踏み入れると、長良川《ながらがわ》の源流を模した瑞々《みずみず》しい森が現れる。

「割と有名」という琴葉の言葉が示すように、中はそこそこ混雑していた。子供のいる家族連れが多いが、友人同士のグループや、デートと思《おぼ》しきカップルもいる。

自分たちも傍《はた》から見ればカップルに分類されるのだろうかと、恋人同士にしては少し遠い距離を保ちながら、悠人は琴葉と並んで歩く。

「わ、何ですか、このトカゲみたいなの」

「オオサンショウウオだな」

「即答……詳しいですね……」

「昔、図鑑で読んだ」

「あっ、かわいい！　先輩、カワウソですよ！」

意外にも琴葉はかなりはしゃいでいた。

ずっと昔に、妹と動物園に行ったときのことが思い出されて苦笑してしまう。

「……先輩？　何ですか？」

「いや、何でもないよ。お、鮎《あゆ》だ。うまそうだな」

「水族館でそれは禁句ですよ……」

二人はそんな調子で館内を進んでいく。水槽の底にへばりついて動かないウナギやナマズがいたし、魚だけでなく蛇やカルガモなんかも展示されていた。水辺に棲《す》む生き物であれば何でもいいらしい。

「淡水って地味かと思ったけど、意外と面白いな。魚だけじゃないし」

「そうですね。でも、淡水魚だけでも、わたしは結構好きですよ。何か、前向きな気持ちになれます」

「前向き？」

例えば部屋に水槽を置いて魚を愛《め》でて心を癒やす人たちはいるし、そのこと自体、何となく理解はできる。ただ、そういうのは色彩豊かな熱帯魚でするものであって、地味な日本の淡水魚ではないような気がしたのだが、

「自分に与えられた肉体と才能と環境で、実直に精一杯生きればいい。他人に憧れてきらきら生きようとする必要はない。そんなふうに思えます」

そう言ってじっと水槽のハゼを見つめる琴葉の横顔は静かな決意に満ちていて、それでいてどこか儚げだった。悠人はそんな琴葉から目を離すことができなかった。

「あ！」

そんなときに琴葉が急に声を上げたせいで、悠人はびくりと肩を揺らした。

「な、何だよ」

「もうすぐアシカのショーがあるんでした。行きましょう！」

「……アシカって、海の生き物だったような」

「細かいことはいいですから！　さあ、急いで！」

細かいことなのか、と悠人は呆れた。つい先ほどの何だか深みのある言葉が台無しだ。

二人でアシカのショーを見て、それから他の展示を見て回った。その後、園内のカフェで昼食をとってしばし雑談し、ミュージアムショップでメコンオオナマズのぬいぐるみを買うか悩む琴葉に小一時間付き合った。

ここしばらくの怒濤《どとう》のような日々を思うとそれは嘘のように気楽な時間で、確かにいい息抜きになった。薄々感じていたことだが、琴葉と過ごすのは嫌いではない――どころか心地好くすらある。たぶん物語を愛する者として波長が合うのだろう。小説を書かせるために強引な手段を使ってきたから苦手意識があったが、今はそういうこともない。

「じゃあ、そろそろ帰りましょうか」

ナマズのぬいぐるみを諦めて、代わりに買った小さな鮎のキーホルダーを、琴葉はそれでも嬉しそうに鞄《かばん》に付ける。

「ああ、そうだな」

園内の見所はだいたい巡ったし、息抜きという目的は十分に果たせた。

「あ、最後にちょっとだけ、いいですか？」

琴葉がそう言って悠人を誘った先は園内の観覧車だった。

二人を乗せたゴンドラがゆっくり天に向かって上がっていく。

会話はなかったが、あまり気にならなかった。

観覧車なんていつぶりだろうなどと思いながら外を眺めると、午後二時過ぎの空には重たい雲が垂れ込めて、景色はどこか薄ぼやけていた。これは少ししたら一雨来るかもしれない。

「先輩」

観覧車が天辺《てっぺん》に到達しようというとき、琴葉が口を開いた。

「やっぱり小説を書きませんか。今の脚本の作業が終わったら」

「夏目、それは……」

聞き耳を立てる者はなく、逃げ場もない。観覧車に誘われたときから、何となく予感していたので琴葉の言葉には驚かなかった。少しばかり苦い思いが胸の裡《うち》に広がるだけ。

「……それは引き受けられない。今回の脚本だって特別だったんだ」

琴葉の表情が曇る。まるで観覧車の外の空みたいだと悠人は思った。そんな表情をさせているのが自分だと思うといたたまれない気分になる。

「……先輩は、才能がないから書かないって言ってましたよね」

「……ああ」

「それって、変ですよ」

「変？　何がだよ。普通のことだろ」

「たった十日で面白い脚本を仕上げて、しかもそれで読者を泣かせるなんて真似《まね》、才能がなくちゃできないいんですよ」

「……あれは、出来すぎだった。たまたまだよ」

苦し紛れの返答に琴葉がぶんぶんと首を振った。

「そんなわけありません！　先輩の脚本は文章も構成も緻密に練られてました。それは絶対に一朝一夕のものなんかじゃなくて、才能とたゆまぬ修練があって初めて得られる技です。なのに、先輩はどうして才能がないなんて思ってるんですか？　どうしてそれほどの力を持ってるのに小説家になろうとしないいんですか？　――何か理由があるんですか？」

琴葉は切実な声で問いただす。

「それは……」

言いかけて悠人は口をつぐんだ。言ってしまえば楽になると思った。三年前の出来事を聞けば琴葉だって諦めてくれるのではないか、と。けれど、

「別に、たいした理由は何も」

悠人の返答に琴葉は悲しげに眉尻を下げた。

「……答えてくれないいんですね」

彼女はそれ以上追及してこようとはしなかった。

観覧車は重たい曇り空の中をゆっくり下ろうとしていた。

「あれ？　夏目さん？」

そんなふうに声をかけられたのは、観覧車を降りて無言のまま二人並んで園の出口に向かって歩いているときだった。

悠人と琴葉が揃って振り返ると、同年代くらいの女子が立っていた。丈の短いデニムスカートから伸びる生足という出《い》で立《た》ちや、アイラインのしっかり引かれた化粧から、少しばかり派手な印象を受ける。

「あ、やっぱり、夏目さんじゃん」

「田中《たなか》さん……」

どうやら琴葉の知り合いらしかったが、その表情はどこか浮かない。

悠人は意外に思った。先ほどの観覧車でのやり取りがあったにしろ、それを引きずって別の誰かに暗い表情を見せるような性格ではないだろうに。

「うわー、久しぶり！　もう元気になったの？」

「あ、うん、まあ……」

「そっかー、よかったね。うちらも今日、名古屋から来ててさ」

よかったね、という言葉には大した感情は籠もっていない。琴葉の方は気まずそうに視線を泳がせ、悠人を見る。

それを待っていたかのように田中の視線も悠人に向いた。

「それで、こっちの人は彼氏？」

「えっ？　この人は……先輩、だけど……」

だけど、という言葉にただの先輩ではないという意味を酌み取ったに違いない田中は、品定めするように悠人を見た。

「へえ〜、意外。夏目さん、恋愛とか興味あったんだ。本しか興味ないのかと思ってた」

「そんなことないよ……」

「彼氏さんも大変じゃないですか？　夏目さん、中学のとき、ずっと本読んでばっかりだったから」

どうやらこの田中というのは、琴葉の中学時代の知り合いらしい。

「彼氏じゃないよ。でも、そうだったんだ。夏目は本の虫だったのか」

「えーっ？　知らなかったってことは、今は中学のときとは違うんですかあ？」

悠人の感想は納得して呟いたものだったのだが、田中には少し違う意味で捉えられたようだった。

「そっかあ、じゃあ、やっぱりあれ止めたんだ」

「あれって？」

「小説の編集者になりたいって夢。夏目さん、中学のとき、ずっと言ってたんですよ。でもみんな、身体弱いんだから止めといた方がいいってアドバイスしてて。ほら、編集者って大変な仕事じゃないですか。徹夜とかあるっていうし」

うんうん、とどこか満足げな田中に、悠人は微かな嫌悪感を覚えた。他人の夢に対する無責任な言動にも、そして他人が夢を諦めたことに安心するという――恐らくは相手のことを慮《おもんぱか》ってではない――無自覚でほの暗い感情にも。

それから琴葉を見て、悠人ははっと息を呑んだ。

何もない足下を見つめるように視線を落とし、硬い表情を浮かべ――彼女は明確に傷ついていた。

悠人は混乱した。

つまらない悪口などいつもは気にしない琴葉が、どうしてこんな軽薄な言葉で傷つくのか理解できなかった。

悠人にとって、琴葉は無尽蔵なエネルギーを内に秘め、太陽のように輝くことのできる強い存在だったから、田中の口にした程度の言葉なんて簡単にはねのけてしまうと思っていた。

けれど、と不意に気付いてしまう。

さっき観覧車の中で、悠人の拒絶に琴葉は悲しげな表情を浮かべていた。

ああ、そうか。

普段なら笑ってやり過ごせる外野の無責任な言葉に、琴葉がこんなふうに過敏に反応してしまった原因は、きっと自分だ。

さっき、自分が琴葉に痛手を与えたから。

「そういうのってさ、余計なお世話だと思うよ」

気付いたら声が出ていた。冷たくきっぱりした声音で、強い言葉を発していた。琴葉が驚いたように目を丸くして悠人を見ていた。

田中は一瞬たじろいだようだったが、すぐに悠人に食ってかかる。

「は、はあ？　余計なお世話って、夏目さんのことを思って……」

「ただの同調圧力だろ。自分より体力で劣ってる夏目が、自分よりはっきりした目標を持って、ひたむきに頑張ってて、それが気にくわないだけだ。みんな、なんて大きな主語でごまかすなよ。あんた自身の劣等感だ」

彼女を傷つけておいて今更かもしれない。

けれど、そのまま放っておくことなんかできなかった。

「な……」

「それに、夏目が小説の編集者になるってのは、もう夢じゃない」

悠人は一呼吸置いてから言った。

「それはもう、予定だ。夢なんて、曖昧なものじゃない」

ただ琴葉を守るために言っているわけではない——それは悠人の本心だった。

学校の感想文集から筆を折ったはずの小説家をピンポイントで見出して、何だかんだでその気にさせて、劇の脚本を書かせた。色々もの申したい強引なやり方ではあったけれど、それでもその情熱がなければ為《な》し得《え》なかっただろう。

だが、情熱だけではない。創作に関する知識とセンスや作家に対する的確な指示出しは、悠人が出会ってきたプロの編集者たちに勝るとも劣らない。その実力があってこそ、あの脚本ができたのだ。

「もし夏目に編集の実務を経験する機会があれば、たぶん、一年もすれば腕利きの編集者になる。それだけの実力が、もう夏目にはある」

それは驚くべきことだ。編集者のスキルは小説を創るのとは全く異なる。読者層を考慮しつつ物語の方向性を定め、企画や原稿に対してはそれらを客観的に分析・言語化することで作家を導き、物語を「商品」の域にまで磨き上げ、さらにはそれをどうやって読者に届けるかまで考える——プロデューサーだ。一読者として物語を楽しんだり、さらには作家として小説を書いても得ることのできない幅広い知識と視点、そして技術が必要なのだ。

「……何でそんなこと、あなたに分かるのよ」

「僕が、プロの小説家だったからだ」

言ってしまった。

それもほとんど勢いで。けれど後悔はない。自分のせいで誰かを傷つけるなんてもう御免だったし、それが琴葉ならなおさらだ。その琴葉はぽかんと口を開けて悠人を見上げていた。

琴葉と一緒にいる冴《さ》えない男がまさかプロの作家だったとは想像もしていなかったのであろう。無理もない。田中は驚きのあまり疑うことも忘れて立ち尽くしていた。

「由紀《ゆき》、何してんの1？」

不意に遠くから声がかかり、田中はほっとしたように振り返った。少し離れたところで田中の友人と思しき数人がこちらを見ていた。

「あ、ごめんごめん、何でもない！　今行く！」

そう言ってから、田中は少し気まずそうに琴葉を見た。

「えっと……あの、私はそんなつもりじゃなくて……」

田中は言いかけて、しかし途中で口をつぐんだ。

俯き、少し考えてから、もう一度琴葉を見る。

「ううん、確かに……その人の言うとおりだったのかも。悪気はなかったけど、夏目さんが夢を諦めたと思って、少し安心してたのかも。最悪……」

そんな言葉に琴葉はやや呆然と田中を見つめ返す。

「田中さん……」

「……嫌な気分にさせちゃってごめんね。それじゃ」と田中はその場を去ろうとした。

「あ」

琴葉が思わず出した声に、田中が足を止めた。

「……なに？」

少し迷ってから、琴葉は決意したように田中を見た。

「いつか本を出すから。わたしが、編集するから。出たら連絡するから、読んで」

田中は驚いたように目を見開いた。それから悠人を一瞥《いちべつ》すると、小さく頷いた。

「……分かった。じゃあね」

田中は数歩歩いてから、思い直したようにこちらを振り向いた。

「楽しみに、してる」

今度は琴葉が驚いたように眉を上げたが、すぐに笑みを浮かべて「うん」と頷いた。田中は気恥ずかしそうに頬を掻《か》いて友人たちのところへ去って行った。

「……先輩」

ほんの少し、琴葉の声が震えている気がした。けれど、琴葉は俯いていて、悠人がその表情を窺《うかが》い知《し》ることはできなかった。

「ありがとうございます。すごく……嬉しかったです」

「うん」

何となく、事情は分かった。

琴葉はたびたび体調を崩してきたのだろう。そしてその度に、編集者になるという目標を諦めさせるような、色々なかたちの圧力に晒《さら》されてきた。

そのことについて深く尋ねてよいものか、悠人は躊躇っていた。自分と琴葉の距離感というものを測りかねていたし、そもそもいったいどんな関係性ならそんな事情に——たぶん、琴葉の心のいちばん柔らかい部分に——立ち入っていいのか分からなかったから。

そしてその躊躇いは悠人に気付かせた——琴葉自身についてほとんど知らないことを。彼女が高校やそれ以前にどんな生活を送ってきたのか、どうして編集者を目指しているのか、どんなふうにその力を磨いてきたのか、悠人は知らなかった。琴葉に会ってすぐの頃であれば気にもしなかっただろう。けれど今は、知りたいと思う。

悠人が黙っていると、琴葉が可笑《おか》しそうに顔を上げた。

「ヘタレですね、先輩」

琴葉に自分の逡巡《しゅんじゅん》が見抜かれていたことを悟って、悠人はまた嘆息した。

「おまえな……」

「冗談です。めちゃくちゃ格好よかったです、さっき」

えへへと笑い、それから琴葉は悠人の前に歩み出てゆっくり振り返った。

「それで先輩、どういうことか、教えてもらえるんですよね？」

琴葉が不安と期待の混じった目で悠人を見る。

さすがにもう誤魔化すことはできないなと悠人も腹を括《くく》った。

「……ちょっと場所を変えるか。少し長くなるかもしれないから」


しとしとと雨が降り始め、喫茶店の窓に無数の水滴を作る。

そこは駅前通りの路地裏にある隠れ家的な店で、カウンターの向こうにいる初老のマスターを除いて人の姿はなかった。悠人と琴葉はジャズの流れる店内のいちばん奥まった席で向き合い、それぞれコーヒーと紅茶を飲んでいた。

琴葉は悠人が話し始めるのを待っているらしく、無言で窓の外を眺めている。

悠人は小さく息を吐いてから、おもむろに口を開く。

「僕は小説家だった。冬月春彦って名義だ」

意を決して発した言葉は、思ったより軽く響いた。

琴葉は真《ま》っ直《す》ぐに悠人の目を見つめた。悠人にはその視線に込められているのが驚きなのか疑いなのか、あるいは他の何かなのかを判じることはできなかった。

ただ、そんな悠人の告白に琴葉は妙にはっきりと、

「はい」

と頷いた。

「信じるのか？」と悠人が訊くと、琴葉は「はい」と、もう一度同じように答えた。

琴葉は本当に疑いを持っていないようだった。

「確か冬月春彦先生は、デビュー当時中学生ですよね。ちょうど今は先輩の年齢くらいになってるはずです。それに先輩の書く物語はプロも裸足《はだし》で逃げ出すレベルですから、そのくらいの天才作家でもおかしくないと思います」

「そ、そうか……」

信じるなとは言わないが、そこまであっさり信用されるとそれはそれで戸惑ってしまう。

「わたしの知ってる限り、冬月先生はデビューして二年半くらいで十冊近く本を出して以来、ぱったり刊行が途切れて、もう三年以上、本を出していません」

さすがによく知っている。膨大な本を読んでいるであろう琴葉が、三年以上も本を出していない作家のことを覚えているなんて。そのことは悠人の胸に痛みと嬉しさを同時にもたらした。

「それが先輩の隠していたこと、なんですね？」

「……そうだ」

「教えてください。三年前に、何があったんですか？　冬月春彦は、どうして書くのを止めてしまったんですか？」

悠人はため息を吐く。不安と怖《おそ》れがかつての傷から染み出すように心の内に広がってくるが、自分を見つめる琴葉の真っ直ぐな目を見てそれは幾分か和らいだ。

そうして、悠人は訥々《とつとつ》と三年前の出来事を話し始めた。


あの頃のことを思い出すと、今でも胸が苦しくなる。そして、あのときこうしていたら、あんなことをしなければ——と、取り返しのつかない後悔ばかりに苛《さいな》まれ、最後は全てを投げ出してどこかへ逃げてしまいたくなるようなひどい強迫観念に襲われる。

もうとっくの昔に逃げ出して、これ以上逃げる先などないというのに。

悠人にとって、当時の記憶というのは、そういうものだった。

「名古屋で暮らしてたんだ。父親と、二つ下の妹と。母親は僕がまだ幼稚園児のときに病気で死んだからあまり覚えてない。でも、本が好きな人だったのは確かだと思う。名古屋の家には母親の本がたくさんあって、僕も妹もそれを読んで育ったから」

父親は仕事で忙しく、悠人は妹にせがまれて、いろいろな本を一緒に読んだ。読める本がなくなってくると、今度は悠人が創作をして話を聞かせてやった。もちろん最初それはどこかで聞いたことのある内容を切り貼りした、しかも矛盾だらけの物語だった。

けれど、妹はそんな物語を喜んでくれた。だから悠人はそれを続けた。

最初は子供だましの物語だったが、妹が小学校に上がる頃にはすでに物語を創る力は本物になっていた。国語で作文の授業があれば教師に褒められたし、友達には即興の物語をせがまれた。それで得意な気分にはなったし、嬉しくもあった。けれど、それでもなお悠人が物語を編む原動力は、妹を喜ばせることだった。

「こうして話すとシスコンっぽいな」

悠人が気恥ずかしくなって言うと、琴葉は首を振った。

「立派だと思います。それに、少し分かった気がします」

「分かった？　何が？」

「最初、先輩は理屈で創作する方だと思ったんです。プロットは結構しっかり作ってるし、創作論にも詳しいし。でもときどきすごく感覚的っていうか、本能的なんですよね。その理由が、少し分かりました。物心ついた頃から、妹さんを喜ばせるためたくさんの物語を創れるように研究して工夫して、だから理論的になったけど、でも同時に先輩は毎日のように即興で物語ることで感覚も磨いていったんだなって」

琴葉はそう言って微笑《ほほえ》んだが、悠人にはそれが辛《つら》かった。

「でも、その物語が、あいつを傷つけた」

そう、他でもない、妹のために創っていたはずの物語が。

悠人の言葉に琴葉ははっと息を呑む。

「先輩の物語が、妹さんを……？」

琴葉はどこか不安げな眼差しで真意を問うように悠人を見つめた。

「中学に入って、冬月春彦の名義で新人賞の公募に出したんだ。それが大賞に選ばれた。ひょっとしたら、夏目もその本、知ってるかもしれないな」

琴葉は「何度も読みました」と頷いた。

中学生作家という宣伝文句も手伝ったのかもしれないが、その小説は十万部を超えるヒット作になった。冬月春彦という作家の名が広まり、いくつかの出版社からのオファーを受け、何作もの小説を世に送り出した。三年に満たない期間で十冊近くの本を出すという のは速筆な部類だったが、幼い頃から毎日のように新しい物語を創り続けてきた悠人には さほど大変なことではなかった。

「妹さんは喜んだんじゃないですか？」

「ああ……」

妹は我がことのように喜び、悠人にサインをねだり、学校で自慢し、それから擦り切れるほど悠人の小説を読んだ。

「でも、じゃあ、何が……」

「エゴサって、分かるか？」

「……自分について検索することですよね。ネットとか、SNSとかで」

「そうだ。それをな、やめとけばいいのにやったんだ。ペンネームとか本のタイトルで」

元々は妹のために してきた創作だったが、何作か出した頃から、段々とそれが世の中にどう受け止められているか気になってきたのだ。

内容はいろいろで、中には否定的なコメントもあって嫌な思いもしたが、それで大きく傷つくことはなかった。大半が好意的な感想だったからだ。

「だけど、一つだけ、どうしても許せない書き込みがあったんだ」

「許せない……ですか？」

「僕の最後の本、どんな内容だったか覚えてるか？」

「はい、それは……。確か、親から暴力を受けて育った子が、音楽と、その善き師、それからライバルに出会って、再起していく話でしたよね」

それは虐待という社会問題を生々しく描いた物語として、当時話題になった作品だ。いくつか賞も受賞している。

「その虐待描写は、作者の実体験に基づいた話だ――そんな書き込みがあった」

もちろんそれは根も葉もないデマだった。けれど悠人にとってそれは、単に作品を非難する書き込みとは一線を画するものだった。

「ひどい……」

琴葉はすぐにその書き込みの意味するところを理解したらしかった。

それはつまり、悠人の父親や、あるいは幼い頃に亡くなった母親が、悠人とその妹を虐待していた——そういうデマなのだということを。

「許せなかった。だから、僕はネット上で作者としてその書き込みに抗議をしたんだ。これは嘘だ、事実じゃないって」

「それはそうしますよ。そんなこと書かれたら」

「だけど、それが裏目に出た。作者が直接反論したことで、元の書き込みが注目を集めた。デマも僕の反論も一緒くたに拡散されて、僕の本を読んだことないような、無関係の人の目にも入るようになって。そうするともう何が本当で、何が嘘なのか分からなくなっていった。それで、決定的なことが起きた」

悠人は喫茶店の窓から外を見遣《みや》る。いつの間にか雨脚が強まり、雨粒が窓を激しく叩《たた》いている。どこか遠くから地響きのような雷鳴が聞こえた。

「妹の学校で噂《うわさ》が立ったんだ。妹が、父親に乱暴されたって」

それは悠人の妹が中学校に上がったばかりの頃に起きた事件だった。

妹は最初のうちは笑って噂を否定していた。しかし、

「単に噂になっただけじゃない。面と向かって言われたり、クラスのグループSNSで話題になったり」

憐憫《れんびん》と好奇に満ちた無遠慮な視線にさらされて、まだ中学生になったばかりだった妹は毎日のように傷ついていった。それでも彼女は悠人や父親に心配をかけまいと何も言わずに学校へ行き続け、

「それで――妹は歩けなくなった」

「えっ……？」

ある日、少し遅れて家を出た悠人は、横断歩道で信号を待つ妹の後ろ姿を見つけた。信号が赤から青に変わり、点滅して、また赤に戻って、しかし彼女はその場に立ち尽くしていた。たぶん悠人が見つけるずっと前から、そうしていたのだろう。悠人が慌てて声をかけたとき、顔を蒼白《そうはく》にした彼女は肩を震わせ、その場で頽《くずお》れた。

「精神的なストレスが身体症状として現れる転換性の病だった。僕の妹の場合は、脚の力が入らなくなった」

「そんな……」

琴葉が呆然と呟く。

「結局、僕は妹のために物語を創ってきて、その物語で妹を傷つけたんだ」

「で、でも……妹さんが傷ついたのは、先輩のせいじゃ――」

「僕のせいだ。デマに反論なんてしなければ。エゴサしなければ。公募になんて出さなければ。いや――小説を書かなければ、かな」

琴葉は怯えるように息を呑んだ。まるで彼女自身が暴言を吐かれたかのように。

「妹さんはその後、どうしたんですか？」

「……中学生の間は学校には行かずに、ほとんど外出もできなくなって、たまにカウンセリングに通うくらい。勉強は家庭教師に見てもらった」

それは妹と父親と三人で相談して決めたことだった。決して少なくはない費用の全てを印税から出したのは――父は子供に費用を出させるのをかなり渋ったが――、当然そうすべきと思ったからであり、しかし同時にそんなことで贖《あがな》えるとはこれっぽっちも思っていなかった。

「でも今年の春に、妹が通信制の高校に入れたって、父親から連絡があったよ」

「お父さんから連絡って……先輩、妹さんとは……」

「連絡は取ってない。僕が家を出て以来」

「そんな！　どうして……」

大切にしていた妹が傷ついたというのに、家を出て、連絡すら取らないでいる。それが琴葉に疑問を抱かせるのは当然のことだった。

「あれ以上、傷つけないためだ。あの一件の後、妹は小説を読むことができなくなったんだ。ページをめくると、あの出来事を思い出して、何も考えられなくなってしまって。妹にとって僕と小説はセットだ。僕がいたら妹はいつまでも立ち直れない」

「そんな……」

家を出た理由を誰かに話すのはこれが初めてだった。妹にはもちろん父親にも、ただ行きたい学校があるからとしか言っていない。

「僕は妹を傷つけて、歩けなくして、そのうえ、あいつが大好きだった物語を奪った」

物語は兄妹《きょうだい》の思い出であり、さらには亡き母の蔵書が育んだ、ある意味で形見ですらあった。それを台無しにしてしまった。家を出たのは妹を傷つけないためではあったが、同時に自罰でもあった。

「妹のことがあって、本当はすぐにでも小説家を辞めるべきだったんだ。だけど、あの頃、僕はいくつかの出版社と企画を進めてた。だからそれだけは責任を持ってやりきろうとした。でも、いくら書こうとしても罪悪感がちらついて、アイデアが湧いてこなかった。結局、無理矢理書いた原稿は、全部ボツになった」

「そんな……冬月春彦の作品が……？　何かの間違いじゃ……」

信じられないという表情で琴葉が聞き返す。

そんな琴葉の視線から逃れるように、悠人は窓の外に目を逸らす。激しい雨が路地を叩き、稲光が薄暗い世界を青白く照らした。

「本当のことだ。……いや、罪悪感なんてのはただの責任転嫁だ。結局、僕には最初から才能がなかったんだ」

自分に言い聞かせるように悠人は言った。

「そんなことありません！」

声が店内に響き、琴葉は口をつぐむ。喫茶店のマスターがちらりとこちらを見たが、何事もなかったかのように食器磨きを再開した。

「……私が読んだ冬月春彦の小説は、どれも傑作でした。表現が多彩でダイナミックで、それでいて優しくて読む人の心に残り続ける、唯一無二の作品で……っ！」

絞り出すような声で、琴葉が訴える。

「……ありがとう。でも、僕はもう、冬月春彦には戻れない」

一息ついて静かに言葉を続ける。

「だから、小説を書いてほしいっていう夏目の頼みは聞けない。もちろん、演劇部の脚本は最後まで責任を持って仕上げる。でも、この話はそこまでだ」

悠人は立ち上がり、テーブルの上に少し多めに金を置いた。

「先輩……？」

「悪い。用事を思い出した。帰る。夏目は雨が止《や》むまでここにいろよ」

「え、で、でも、先輩だって、こんな雨じゃ――」

琴葉の言葉が終わるのを待たずに、悠人は逃げるように喫茶店を出た。

ドアを開けた瞬間に凄《すさ》まじいくらいの雨の音が耳朶《じだ》を打つ。

軒の下から一歩踏み出すと、激しい雨が身体を濡《ぬ》らした。

◆

「岐阜に出張って、ひょっとしてあの少年作家のところ？」

どこか嘲笑めいた言葉に、夜十時過ぎのオフィスで編集作業の合間にスマートフォンをいじっていた稲村果穂《かほ》は顔を上げた。

コーヒーカップを持った同僚が立って、こちらを見ている。背後にはメンバーの予定が書かれたホワイトボード。明日の日付――九月十五日の欄には『稲村・終日出張（岐阜）』とだけ書かれていた。

「はい。冬月先生のところです」

稲村はそれだけ答えると、作業に返ろうと顔を戻した。

「そうそう、冬月くん。まだ拘《こだわ》ってるの？　終わった作家だろ。時間と金の無駄――」

「終わってませんよ」

遮るように言った稲村は、しかし相手のことをこれっぽっちも見ていなかった。そして自分に言い聞かせるように訥々と続ける。

「終わらせちゃいけないんです。本作りに携わる人間として、あの才能がこのまま潰れてしまうのを黙って見ていることなんてできません。冬月先生の小説は大勢の人に生きる力を与えるんだから」

私も力を与えてもらった一人だ、と稲村は心中で呟く。

新卒で大手出版社に就職したはいいものの、凄まじい仕事量に翻弄され、理不尽な上司や作家に泣かされ、急行通過待ちの駅のホームで知らず線路を見つめるような病的な時間が増えていた頃に、山のような新人賞の応募原稿の中に見つけたのが冬月春彦——柊悠人の小説だった。

稲村はその物語に擦り切れた心を救われ、直後に彼が中学生であることを知って衝撃を受けた。新人だった稲村は、自分が柊悠人を担当するのだと強硬に主張し、その座を勝ち取った。その経験は、稲村をいい意味で図太くして、仕事で嫌な出来事に遭遇してもあまり動じなくなった。

「……随分買ってるのな。だけどあれだろ、SNSかなんかでトラブルがあって、それで自分で筆を折ったんじゃなかったっけ。それに、あれって他社の作品がきっかけだろ？稲村がどうこうする義務はないと思うけどなあ」

「他社とか自社とか関係ないですよ。彼の本の出版に関わった全ての人間が、守ってあげなくちゃいけなかったんですよ。彼は早熟な天才だけど、それでも当時は世間を知らない中学生だったんだから……」

「で、今更、その失敗を取り戻そうとしてる、と」

「何とでも言ってください」

同僚はコーヒーを啜《すす》った。嘲りとやるせなさが混じったような苦い顔を浮かべて。

「で、勝算はあるの？　ずっと連絡取ってたけど、だめだったんだろ」

「……まだ、分かりません。それを確かめに、行くんです」

稲村はそう言ってから手の中のスマートフォンに視線を落とす。メッセージアプリが起動したままになっていた。

『今度、文化祭で公演があります。念のため、お知らせまで――』

◆

学校のトイレの個室の中に、外の賑わいが小さく聞こえてくる。

悠人は何度目になるか分からないため息を吐いた。

背中を流れる嫌な汗は、九月の暑さによるものだけではない。

今日は文化祭当日だった。演劇部はこのあと、午後イチから上演だ。だというのに悠人は朝登校してからずっとこのトイレに引きこもっていた。腹が痛いわけではない。

自分の書いた脚本が上演される。出来はいいと思う。演劇部の部員たちは面白いと言ってくれた。けれど、それが何の事情も知らない一般生徒や校外の人間に見られると思うと、小説が刊行されるときの何倍も緊張した。自分の書いた物語が他人にどう評価されるのかが恐ろしかった。

「でも、これで終わりか……」

演劇部の脚本は書いた。今日の文化祭での試演が終わったら、いよいよ大会本番だ。悠人に残されたのは微調整くらいで、もうほとんど手を離れたと言っていいだろう。

「あいつとも、ようやく……」

脳裏に浮かぶのは、脚本を書くきっかけを半ば強引に作った担当編集の顔だ。

琴葉とはあの水族館へ行った日以来、一ヵ月近く顔を合わせていなかった。

あの頃には脚本もほとんど仕上がって、二人とも演劇部に顔を出す頻度は少なくなっていたし、修正内容について打ち合わせる必要もなくなっていた。会わなくなったのはそれが理由と言えば理由だったが、それでも以前の琴葉であれば悠人のところに押しかけて小説を書かせようとしたはずだ。

しかし、彼女から連絡が来ることはなかった。

喫茶店であんな話を聞かされて、さすがに諦めたのだろう。

ほっとした反面、あるべきものがそこにないような空虚な喪失感があった。

「あれでよかったんだよな」

自分に言い聞かせるように言う。琴葉は自分なんかに時間を費やすより、他に小説を書けるやつを探した方がいい。

そのとき、悠人の入っているトイレの個室のドアがノックされる。

悠人は一瞬びくりとしたが、声を出すことなくノックで返した。数秒間、息を潜めて外の様子を窺うが、変わった様子はない。どうやら本当にトイレを求めて誰かが来ただけだったらしい。申し訳ないことをした。しかし、次の瞬間——

どん、とドアを蹴りつけたような轟音《ごうおん》が響いた。

「うわっ⁉」

一息《ひといき》吐《つ》こうとしていた悠人は思わず悲鳴を上げてしまった。

「先輩？　そこにいるんですね？　これから演劇部の公演があるのに、こんなところで何してるんですか。出てきてください」

耳慣れた、けれど少しだけ懐かしい声が聞こえる。

悠人は混乱しながら戸を開けて個室を出る。

「夏目……なのか？　ここ、男子トイレだけど……」

「担当編集は作家さんがいるところなら、どこにだって行くものですよ」

琴葉は訳知り顔で言う。一ヵ月会わなかったというのに、そんなことはお構いなしの態度だ。

「百歩譲ってどこにでも行くってのが真実だとしても、男子トイレには入らないと思うけどな……。っていうか、作家って、おまえ……」

作家と担当編集――その言外に込められた意味に、悠人は気付く。

まさか、こいつ、まだ――

「今はその話は無しでお願いします。時間がありません」

琴葉はそう制して言葉を続ける。

「行きましょう。劇、そろそろ始まっちゃいます」

はっとして、悠人は視線を逸らした。

やがてゆっくり首を振る。

「いや……僕はいい。夏目だけ行けよ。脚本書いた奴がいなくても劇は成り立つし……」

琴葉はにやりと笑い、顔を傾けて悠人を覗き込む。

「はは一ん、怖いんですね？　だからこんなところに隠れてたんですか」

「こ、こ、怖いわけないだろ！」

琴葉はじっと悠人を見てから、おもむろに両手を握ってきた。

予想外の行動。ごく間近から琴葉に見られて、悠人は頭の奥が痺《しび》れたようになってしまった。彼女から微かに漂ってくる甘い香りがそれに拍車をかける。

だが掌《てのひら》から伝わってくる、ある感覚が悠人の頭を少しだけ冷やした。

「夏目、おまえ……」

ははは、と琴葉はいたずらを見つかった子供のようにはにかんだ。

「震えてますよね、わたしの手」

「あ、ああ。あと手汗も――」

「それは言わなくていいです！」

琴葉は憤慨しながら、しかしその手は離さなかった。

「……わたしだって、怖いですよ、今日の上演。純粋に劇が面白いかどうか、それだけが問われるんですから。そういう意味では、この先のコンクールでどう評価されるかより、ずっと緊張します」

「意外だな。夏目にも怖いとか、緊張とかあるんだな」

「ありますよ！　人を何だと思ってるんですか！　とりあえずここのトイレは脚の多い虫が出そうで怖いです！」

拗《す》ねたように口をすぼめる琴葉を見て、悠人は子供っぽいなと思った。琴葉がではな

い。軽口を叩いて自分の気持ちを曖昧にぼかそうとする自分の態度が、だ。それから脚が多い虫が苦手なのかと苦笑する。ヤスデあたりだろうか。

「夏目のことをどう思ってるかって、そりゃ、強引で、人の言うことを聞かなくて、思い込みの激しい奴だよ」

「ひどい！」

「でも物語を創る情熱に満ちていて、そのための腕もある。きっと優秀な編集者になる」

担当編集、とは言わない。

言えなかった。

けれど、それでも琴葉は、無邪気そうに笑った。

「もっと褒めてください。天才とか、敏腕とか、あ、あと可愛すぎる編集！　とか」

「調子に乗るな」

悠人は軽くため息を吐き、琴葉を見る。

今だけは色々なしがらみを忘れて、一緒に創り上げた物語の行く末を見届けに行きましょう——そんな意志が伝わってくるような笑顔だった。

「行くか」

悠人が手を引くと、琴葉は「はい」と頷いた。

◆

夏目琴葉と同じクラスの羽田美智《はねだみち》は、クラスメイト二人と文化祭をぶらぶらと見て回った後、そういえば琴葉が演劇部の手伝いをしていると話していたことを思い出した。

『よかったら観《み》に来てね、特に脚本が、ほんっっっと〜に、すごいから』

という言葉も一緒に思い出す。彼女とは席が近くて時折話すだけの関係だったが、いつも本を読んでいるのが印象的だ。だから、そんな彼女がそこまで言う劇に少し興味があった。暑い中を歩き疲れたので、冷房が利いていて座ることのできる観劇というのも魅力的だ。だから、

「ねえ、演劇部の劇、観に行かない?」

と二人の級友を誘ってみる。

「あー、うちの学校の演劇部、強いんだよね。別に行ってもいいよ」

強いって、運動部じゃないんだから、と美智は苦笑した。

「えー、劇とかあんまり得意じゃないんだよね」と、もう一人の級友。

「いいじゃん、ちょっとくらい。歩き疲れたし、飽きたらこそっと出ればいいんだよ」

「それもそっか」

そうなのだろうか。劇の途中で立つのはマナー違反だと思うけれど、文化祭だったら、

まあぎりぎり許される……のかもしれない。

体育館に着くとすでにほとんど満席だった。三人で並んで座れる席を探していると、

「あ、」

美智が遠目に見たのは、琴葉が男子生徒に手を引かれて舞台裏に入っていくところだった。ネクタイに入ったラインの色からすると男子生徒は三年生だろう。琴葉は嬉しそうな、恥ずかしそうな、そんな表情を浮かべているように美智には見えた。遠目だから気のせいかもしれないけれど。

ふうん——美智は意外に感じた。琴葉は明るく人好きのする性格だが、それでいてあまり人と深く関わろうとしない。むしろ人と仲良くなることを避けているような、そんな印象を美智は持っていた。少なくともクラスに特別に親しい友人はいないはずだ。

「彼氏……って感じでもなさそうだけど」

「美智、何してんのー。こっちこっち、早くしないと始まっちゃうよ」

気づくと連れの二人はすでにかなり離れたところにいて、美智の方を見て手招きしていた。

三人が席について数分が経ち、劇が始まった。美智は今見たことは心の裡にしまいこんで、二人の方へ小走りに移動した。

照明が落ち、舞台にスポットライトが当たる。

『次の死亡予定者は、白川《しらかわ》ひより。女子高生か。若いな』

呟くのは黒ずくめの青年で、すぐに蓮という名前の死神だということが明かされる。死神の仕事は、死期の近い人間や動物のもとを訪れて、円滑に冥府へと魂を送ること。彼は上司の死神の指示で高校生に扮し、白川ひよりのもとを訪れる――血管が脆《もろ》くなる難病に冒され、一ヵ月後に命を落とす彼女の魂を安らかに冥府へと誘《いざな》うために。

『君、死神なんだ』

しかし街で息絶えた猫の魂を送っているのを、ひよりに見つかってしまう。それは生きた人間に正体を知られてはならないという規則を破る大失態だった。

『ひょっとして、私を迎えに来たのかな？　そっか、もうすぐなんだ。そっかそっか。いいよ、誰にも言わない。他の死神さんにもね。だけど、一つお願いがあるんだ』

己の病のことを知っているひよりは、近い将来の死を受け入れているようだった。そのうえで彼女はいたずらっぽく、可愛らしく、そして切実に頼み事をする。

『私に、君の仕事、手伝わせてよ』

弱みを握られた蓮は断ることができず、仕方なく仕事を手伝わせることになる。

二人は死期の近い人々のもとを訪れ、彼らの魂を冥府へと導いていく。事務的に進めようとする蓮に対し、ひよりは深く彼らの事情に立ち入っていく。彼らと親身に話し、ともに笑い、悲しみ、彼らの未練だけでなく、人生に寄り添おうとする。

『だって、これまで生きてきた全てが、死には詰まってるんだよ』

どうしてそこまでするのかと問う蓮に、ひよりはそう答えた。円滑に魂を送るということは、波風を立てないということではないと、蓮は気づかされる。


（すごいな……）

劇の切れ間に美智はほっとため息を吐いた。

隣に目を遣ると、二人の友人は舞台を食い入るように見つめていた。舞台の光が二人の目にたまった涙を輝かせている。他の観客たちもまた、同じように舞台に見入っている。

役者の演技も、舞台装置や音響照明といった演出も、とても高校演劇とは思えない仕上がりだった。だが、

（本当にすごいのは、脚本だ）

小説、漫画、映画――美智はそういったエンタメがかなり好きな方だが、どんな作品も物語が薄ければ格落ちになる。観賞の途中で白けてしまう。だが、この劇は違う。気づけばすでに上演時間の半分が過ぎている。それほど美智は没入していたのだ。

この物語には熱量があった。いや、それは語弊があるかもしれない。

多くの魂を送ることで摩耗してしまった蓮と、自分の死を前にしながら他人の死に優しく、そして必死に寄り添っていくひよりの会話が、独白が、行動が。彼らに救われていく魂が。物語にある全てが――ときに春の陽のように心を優しく温め、ときに深雪のように胸の底に降り積もっていく。

そうだ、この舞台にあるのは、ただがむしゃらな熱さではない。

まるで幾重もの朝夜や季節を味わわせるような、温度があるのだ。それを感じさせる奥行きがあるのだ。そしてそれを支えるのはきっと脚本だ。

(原作の小説か漫画でもあるのかな)

だが、美智はこの劇の『死神に大切なこと』というタイトルには聞き覚えがなかった。

(ひょっとして、オリジナル？)

不意に、先ほど見た琴葉と三年生の男子の姿が脳裏に浮かんだが、すぐにいやいや、と美智はそんな妄想を打ち消した。こんな脚本、ただの高校生に書けるとは思えない。もし書けるとしたら、それはたぶん――

やがて物語は山場を迎える。

人々に寄り添うひよりの姿に、蓮は感化されていき、彼女とともに死を目前にした人たちの想いをくみ、これまでよりもずっと丁寧な仕事をするようになる。それは同時にひよりに惹かれていく過程でもあった。やがてはっきりと意識してしまう。彼女の生きる姿を、もっと見ていたい、と。

予定の一ヵ月が過ぎて、けれど蓮はひよりに死を与えることができずにいた。遅延に気づいた同僚の死神が二人の前に現れ、緊張が一気に高まる。

『こんな小娘にほだされて秩序を乱すなんて。一人の魂が不足すれば、生まれる予定の別の命が消える。そのことはあなただって分かっているでしょう。今からでもまだ遅くない。あなたができないなら、私がその子の魂を誘ってあげる』

蓮は咄嗟《とっさ》にひよりを連れてその場を逃げ出してしまう。

二人きりの逃避行。しかし冥府から追っ手がかかり、ついに二人は追い詰められてしまう。

『ねえ、蓮。私ね、死ぬのが怖かった。死にたくなかったんだ。だから、あなたが死神だって知って、仲良くなれば殺されないかもって、そんなふうに考えたんだ』

吐露されるひよりの想いに、蓮は衝撃を受ける。死を受け入れていたように見えたひよりは、本当はずっと怖がっていたのだ。死を迎えつつある人たちに彼女があれほど親身になっていたのは、死に対する恐れの裏返しだったのだ。

蓮はひよりを守るため、冥府の死神たちと戦うことを決意する。それは決して敵《かな》うことのない、絶望に満ちた戦いだった。

体育館の最後部で壁にもたれて劇を観賞していた稲村は、他の観客同様に嘆息を漏らしていた。

(想像以上ね。これほどとは)

徹夜のまま一睡もせず、始発に飛び乗って東京から岐阜まで来た甲斐《かい》があったというものだ。

(まさに冬月春彦の物語だわ)

鑑賞者を物語世界に取り込み、ファンタジーでありながらまるで現実のように見せる、情感たっぷりのストーリーとキャラクターの描き方。恐らくは役者に当て書きをしたのだろう、演劇だからこその良さがよく出ている。だが、もし文章で読めばその手触りに呼吸を忘れてしまうほどの出来だったに違いない。

(完全に立ち直ったとは思えないけど、編集者《プロデューサー》の腕がいいってことかな)

その編集者が自分でないことに忸怩《じくじ》たる思いはあるが、それ以上にもう一度、冬月春彦の物語に出会えたことが、一人のファンとして純粋に嬉しかった。

稲村は体育館の中を見渡した。

そこはすでに体育館ではなく、観客を巻き込んだ一つの物語世界になっているようだった。現実と物語の境界は消え、観客たちは蓮やひよりの喜怒哀楽をその肌で感じている。蓮とひよりを追い詰める死神たちに対する感情は限りなく本物で、ある観客は怒りに唇を噛《か》みしめ、またある観客は恐怖に震えていた。

稲村も編集者という職業でなければ、彼らの一員になっていただろう。

（さあ、ここからどう物語の終幕へ向かわせるのかしら）

『でも、もう怖くない。たくさんの人と出会って、色々な死を見てきたから』

それに、とひよりは続ける。

『皆、蓮に送られることで、すごく穏やかで、幸せな最期を迎えてたから』

だから、もう怖くないのだと、ひよりは言った。

『それはお前がいたからだ、ひより。俺ひとりじゃ、あんなふうに送ることはできなかった。俺は、お前のおかげで――』

変わったんだ、と蓮は言おうとした。しかし、ひよりは首を振る。

『君は最初から優しかった。私の頼み事なんて聞かずにやり過ごすことだって、できたはずなのに。私はただ、君が少し素直になるきっかけになっただけ。だから、そんな優しい君に、最後のお願い』

ひよりは微笑んで見せる。蓮は息を呑む。

『君がいいな、蓮。私を送ってくれるのは。私のことをよく知りもしない死神《ひと》たちじゃなくて、私の好きな、君がいい』

蓮はしばしひよりを見つめた後、震える声で答えた。

『分かった』

蓮はついにひよりの魂を冥府へ送ることを心に決めたのだった。

蓮がひよりの額に手をかざすと、彼女は全身の力を失って頽れる。蓮はその身体を抱き留めて、そのまま自分も頽れるように膝をついた。

息をしていない彼女の表情は、とても穏やかだった。

『いつか会いに行く。お前の魂が生まれ変わったら、きっとだ。お前は何も覚えていないだろうけど』

蓮が呟くように言うと、微かに『うん』という声が聞こえた気がした。

こうして物語は終幕を迎える。

蓮は厳しく処罰されそうになるが、ひよりとともに冥府へ送った魂たちがどれも基準を大きく超えて健全であったことが評価され、軽い訓告で済まされる。以降、蓮はその敏腕で他の死神たちに名を知られるようになっていく。

そして十数年が経ち、ひよりを思わせる女子高生が友達と歩いていて車に轢《ひ》かれそうになったのを蓮が助ける。二人は少しだけ言葉を交わしてから歩き始めるが、女の子が不意に後ろを振り返って、不思議そうに蓮の背を見つめたところで幕が下りた。

◆

会場は静まりかえり、拍手の一つも起こらない。

それまで舞台袖で劇を観ていた悠人は、背筋を嫌な汗が伝っていくのを感じた。

が、客席からぱらぱらと雨だれのような拍手の音がし始める。

小さかった拍手の音は瞬く間に大きくなり、ついには会場中に渦巻くような大音響へと変わった。

袖を引かれて隣を見ると、得意げな笑みを浮かべた琴葉がいた。

何か言っているようだったが、万雷の拍手のせいで全く聞こえない。

「聞こえない！　何言ってるんだ⁉」

「この拍手が聞こえますか、って言ったんです！」

「聞こえてるに決まってるだろ！」

ずっこけそうになった。が、言わんとしていることは理解できる。

琴葉の目は大きく見開かれてきらきらと輝いていた。とても嬉しそうにしている。

悠人ももちろん嬉しかったが、それ以上に安堵の気持ちが強かった。

鳴り止まない拍手はカーテンコールの催促だ。

役者たちが舞台袖を抜けて幕の前へと出て行く。

彼らが幕の前へと出て行くたびに、客席から歓声が上がる。

「こんなに盛り上がるのは初めてだ」

そう言って悠人の肩をぽんと叩いたのは渡辺だった。彼の役割は監督であり、舞台には立っていない。

「俺がこの部にいた三年間……いや、たぶん、創部して以来じゃないか」

渡辺はそれからじっと客席を覗き見た。あるいは、これから先にある大会に想いを馳《は》せているのかもしれない。

と、不意に渡辺が悠人の方を向く。

「何してんだよ、あんたも脚本家として早く舞台に出ろよ」

「え、ええっ⁉」

脚本を提供したとはいえ、所詮は部外者。だいたい役者以外の人間が舞台に出るのはおかしいのでは、などと戸惑っていると――

「とっとと行けって」

どん、と背中を押されて、悠人は舞台袖から幕前へと飛び出した。

前を見れば総立ちで拍手をしている大勢の観客。

明らかに役者ではない悠人の登場に、いくらか不思議そうな顔をしている者もいる。

悠人は戸惑いのあまり舞台袖を振り返る。そこでは渡辺と琴葉、そして裏方の部員たちがにやにやと悠人を見ていた。

「あんたが今回の劇の立役者だ。役者じゃないけど。ちゃんと挨拶してこい！」

「先輩、ばしっと決めてきてください！」

こういうのは苦手なんだけどな——悠人はため息を吐いた。が、こんなところまで出てしまった以上、今更引っ込むこともできない。

「ばしっとって、なんだよ、ばしっとって……」

悠人は幕前を歩いて行き、他の役者たちの列の端に並ぼうとした。

しかし、蓮役の戸川とひより役の樋川が悠人の手を取ると、そのまま中央へと連れて行く。悠人はもはや諦めの境地に達し、されるがままになっていた。

『本日の劇「死神に大切なこと」の脚本を書いた当校三年生の柊悠人さんです』

そのアナウンスは客席をどよめかせた。

多くの観客はこの劇が既存の作品によるものだと考えていたのだろう。だがそれが実のところオリジナルの脚本であり、しかも書いたのが高校生だという事実に衝撃を受けているのだ。

悠人は無心のままお辞儀をした。死んだ魚の目で客席を見て「あ……」と声を漏らす。

体育館の後方の壁に一人の女性がもたれかかっていたのだ。暗いうえに遠く、顔は判然としない。だが、文化祭という場にあまりそぐわない洗練された大人の雰囲気と、そのすらりとしたシルエットには見覚えがあった。編集者の稲村だ。

わざわざ東京から来たというのだろうか。片道で三時間はかかるだろうに。

「重たいなあ……」

悠人は苦笑して、それからもう一度深く頭を下げた。

舞台から戻った悠人を琴葉が出迎えた。

「お勤めご苦労さまです」

いたずらっぽい笑顔で彼女は言った。

「すごいですね、まだ拍手が鳴り止まない」

舞台袖から会場を見て、琴葉は嬉しそうに目を細める。

その様子が本当に嬉しそうなので、悠人もつられて笑みを浮かべた。

色々あったけれど、脚本の執筆を引き受けてよかったなと思うことができた。

「さあ、行きましょうか」

「行く？　ってどこに……？」

悠人は怪訝に思った。社交的な琴葉のことだから、部員たちと喜びを分かち合いつつ舞台の撤収でも手伝うのだろうと思っていた。悠人もトイレに引きこもっていて準備にはまったく貢献しなかったので、撤収くらいは参加するつもりでいたのだが。

そんな悠人の考えを知ってか知らでか、琴葉は部長の渡辺と視線を交わして軽く会釈をした。すると、渡辺は心得たように小さく頷いてこう言った。

「撤収は俺たちでやるから大丈夫だ。文化祭後に打ち上げをやるから、時間とか場所とかはメッセージを送っとくよ。二人はもう行ってくれ」

そのやりとりに悠人が疑問を差し挟むより先に、演劇部の部員数名が渡辺のところに走り寄ってくる。

「部長、見てくださいよ、ＳＮＳで話題になってます！　観た人がみんな書き込んでくれてて、どれも絶賛ですよ！」

「さっき、新聞社とテレビから取材の申し込みありましたよ！」

「会場から出てく人たち、みんな劇の感想言ってましたよ。泣いてて顔上げられないような人たちもいて」

「大成功ですね！」

皆、興奮して口々に言い、渡辺はそれに圧倒されそうになっている。悠人もそれを傍《そば》で聞きながら、そんなことになっているのかと驚いた。想定を遥《はる》かに超えた成功を収めたことが、実感として湧いてくる。

そんなときだった。琴葉が渡辺と部員たちに小さく頭を下げて「あとはよろしくお願いします」と言った。

「さ、こっちです、先輩」

琴葉は悠人の手を引いて舞台裏から観客席の端に出た。興奮冷めやらない観客席の脇を歩いていく。

「お、おい……」

悠人はどこへ行くのか訊こうとしたが、会場はまだ騒がしくてまともに会話できそうにもなく、仕方なく琴葉に導かれるままに進んだ。

連れてこられたのは、会場の後方にある音響と照明の調整室だった。

「こんなところに何の用が――」

悠人が言葉を終えるより先に、琴葉が調整室のドアを開ける。

直後、悠人は部屋の中を見て固まった。

「実は今日はスペシャルゲストを呼んでるんです」

そんな琴葉の言葉が耳を素通りしていく。

部屋の中にいたその人物を見て、悠人の頭の中は真っ白になっていた。

車椅子に座った一人の少女が、そこにいた。

己の目を疑った。だが、自分が彼女を見間違うことなどありえない。

「遙香《はるか》……」

からからに渇いた喉から声を絞り出して、悠人はその名前を呼んだ。

悠人にとって誰より大切な、妹の名前を。

「お兄ちゃん……」

遙香の言葉もまた喉の奥につかえるようにか細く、そして震えていた。

沈黙が満ちる。

壁向こうの会場の騒がしさが、遠い波音のように静かなノイズとして調整室に響いていた。

どうして遙香がここにいるのかなどと考えるより先に、胸の奥にずっとあった罪悪感が首をもたげた。この三年間、決して忘れることのなかったそれが、当時の記憶を伴って鮮明に蘇《よみがえ》ってくる。

遙香は記憶の中の彼女より大人びていた。昏《くら》かった表情にはいくらか生気が戻っている

ような気がした。そう思いたい無意識の見せる錯覚かもしれないけれど。

ただ、彼女は車椅子に座っていて、それは悠人の消えない罪そのものだった。

床に頭をこすりつけて謝るべきだろうか。あるいは罵倒されるのを待つべきだろうか。

まるで判決を待つ犯罪者のような心持ちに陥る。

悠人が戸惑っていると、遙香は躊躇いがちに口を開いた。

「あのね……、お兄ちゃん……」

「あ、ああ……」

胸がぎゅっと締め付けられ、悠人はその痛みに耐えるようにこぶしを握った。

対照的に、遙香は意を決したように再び口を開く。

「劇、すごくよかったよ」

「えっ……？」

予想外の言葉に、悠人は間抜けな声を漏らした。

「げ、劇？」

遙香は「うん」と頷き、躊躇いながらも言葉を続ける。

「えっとね……私が特に感動したのは、死の運命から逃げてたひよりちゃんが、最後は死を受け入れて、死神の蓮くんがその魂を送るところかな。もう涙が止まんなくて……。それに何て言うか、お兄ちゃんの物語だなあって、そう思った」

遥香ははにかむように笑み、それからようやく悠人の呆気《あっけ》に取られた様子に気付いてやや不安げに首を傾げた。

「お兄ちゃん……？　どうしたの？」

「どうしたも何も……」

どうしてここにいるんだ。元気だったか。体調はどうなんだ。こんな遠くまで来て大丈夫なのか。一人で来たのか。今日の劇を観たのか。もう物語に触れても大丈夫なのか。この三年間、どうしていたのか。

訊きたいことも言いたいことも山ほどあって、だからかえって言葉が出てこない。

そんなとき琴葉が口を挟んだ。

「妹さんはわたしが招待したんです」

「招待って……でもおまえ、遥香の連絡先なんて……」

伝えた覚えはない。それどころか、名前すら言ってないはずだ。

「先輩の担任に聞きました」

戸惑う悠人に琴葉がさらりと告げる。

その言葉に悠人はがくりと肩を落とした。そういえば琴葉と出会った頃に彼女が悠人の自宅に押しかけてきたことがあったが、あのときも情報の出所は担任ではなかったか。

「どう言いくるめたら家族の連絡先なんて教えてもらえるんだよ……」

「それはまあ、秘密です」

琴葉は「ふふふ」とわざとらしく悪い顔で笑ってみせた。もはや突っ込む気もしない。

「あのね、最初は手紙をくれたんだよ、琴葉さん」

遙香がそう補足した。

「それからメールでやり取りするようになって、一度、琴葉さんが名古屋まで来てくれたんだ。そのときに、お兄ちゃんと一緒に劇の脚本を作ってるって聞いて、私もその劇を観たいって頼んだの」

「な……」

悠人は驚きに声を詰まらせた。琴葉とは一ヵ月近く連絡を取っていなかったが、その間、彼女がそんなことをしていたとは。いや、けれどそれ以上に悠人が困惑したのは——

「観たいって、どうして……？」

「どうしてって……、逆にどうして？」

遙香が怪訝そうに首を傾げた。悠人は躊躇いながらその疑問を口にする。

「だって……三年前、僕の小説のせいであんなに傷ついて、そんな状態になって……。もう物語なんて……特に僕の物語なんて、見たくもないんじゃないのか。僕のことを、恨んでいるんじゃないのか」

絞り出すような悠人の問いかけに対して、すぐに返事はなかった。

いつの間にか観客が去った体育館の静けさが、ガラス越しに中に染み入ってくる。

「違うよ、お兄ちゃん」

静けさを破ったその言葉は、はっきりと部屋の中に響いた。

遙香は揺るがない瞳で悠人を見据えていた。

「確かに私は三年前、学校で根も葉もないこと言われて、そのストレスで歩けなくなったし、小説や映画に触れられなくなった」

「だったら、やっぱり――」

罪悪感に駆られて悠人は堪《たま》らず口を開いたが、遙香は首を振ってそれを止めた。

「でもね、それはお兄ちゃんが悪いんじゃない。悪いのは適当な噂を流した人たちだよ」

遙香の目を直視することができなくて、悠人は俯いた。

「……だとしても、僕の小説がきっかけになったことは事実だ。おまえに恨まれても当然で、だから僕にはもう物語を書く資格なんてなくて……」

「私が見たいと思っているのに？」

遙香の言葉に悠人ははっと顔を上げた。

「ねえ、お兄ちゃん、私はずっとお兄ちゃんの物語を待ってるんだよ。昔も、今も」

不意に、脳裏に幼い日の記憶が蘇る。

本に埋め尽くされた部屋。

少し甘い、バニラのような古びた本の匂い。

夕暮れ時に、西日に照らされた本棚に凭《もた》れて座る悠人と遥香。

あの狭くるしい空間には、けれど無限の世界が広がっていた。

「ね、お兄ちゃん」

遥香は屈託のない笑みを浮かべる。

「私は三年前にあったことで、お兄ちゃんのことも、お兄ちゃんの小説のこともこれっぽっちも恨んだりしてないよ。傷つけられたなんて、思ってない」

「でも……じゃあ、この三年、連絡がなかったのは」

その悠人の言葉に、遥香はむっとしたように頰を膨らませた。

「それはお兄ちゃんが急に出て行ったからじゃん！　私に何も説明しないで！」

それから遥香の声のトーンがすっと落ちた。

「私のことが邪魔になったんだって、そう思ってた。だから連絡取れなかったんだよ。でも、それでまたお兄ちゃんが小説を書けるようになるんだったら、そっちの方がいいとも思ってた」

話すうちに遥香の声は掠れ、目は潤んでいった。溜《た》まった涙がこぼれ落ちそうになり、遥香は天井を仰いでそれを堪えた。

悠人は遥香のそんな様子を呆然と見ることしかできなかった。

バカだ、と思った。

遙香がではない。悠人自身が、だ。

想像もしていなかった。

傷つき、歩くことも、大好きだった本を読むこともできなくなった遙香は、そのきっかけとなった悠人を恨むことなく、それどころか作家としての未来を案じ、期待してくれていたのだ。

「言葉が足りなかった……いや、足りなすぎた。本当に、ごめん……」

震える声で謝罪する。悠人はこの三年間、書くことから逃げ続け、無気力に生きてきた。遙香と向き合うこともせず、きっと憎まれているだろうと自分に言い聞かせて。それはとんでもない侮辱で、むしろ彼女を傷つける行為だと気づきもせず。

「私も、ちゃんと言葉で伝えなくちゃいけなかったんだよね。そのせいでお兄ちゃんを苦しめちゃった。ごめんね」

「いや、遙香は悪くない。悪いのは何も言わずに出ていった僕だ」

「ううん、私がもっとちゃんと話せてれば――」

「はい、そこまでですよ、二人とも」

互いに謝り始めたところで琴葉が話に割って入った。

「ありがとう、でいいんですよ。そこは。お互いに相手のことを思ってしたことなんですから」

　琴葉はそう言ってからはっとした表情を浮かべた。

「すみません、つい口を挟んでしまいました」

「いや、いいけどさ……」

　実際、琴葉の言うとおりなのだろう、と悠人は思う。

　三年間のわだかまりを解くには、きっとその言葉の方がふさわしい。

「……ありがとう、遙香」

「うん、私も、ありがとう、お兄ちゃん」

　遙香が柔らかな表情で笑う。そんな笑顔をまた見られるとは思っていなかったので、悠人はたまらなく嬉しかった。

「そういうわけだから、私、今日はちゃんと全部言葉で伝えようと思って来たんだ」

「全部？」

　悠人は首を傾げた。

「お兄ちゃん、自分のこと才能がないなんて言ってるって聞いたんだけど」

　う、と悠人は言葉に詰まった。琴葉から聞いたのだろう。

「……それは……うん、そうだと思ってる。実際、三年前に、僕は何本も企画をダメにしたんだ」

悠人がそう言うと、遥香は信じられないという様子で嘆息した。

「それって、才能がないからじゃなくて、私に対する罪悪感で気持ちが乱れてたせいだよね、きっと。でも、お兄ちゃんはそれを理由にできなかった。優しくて頑固なお兄ちゃんらしいよね。全部自分の責任にしようとして」

でもね、と遥香は続ける。

「ありえないよ、お兄ちゃんに才能がないなんて。小さいときから物語を聞かせてもらってた私は誰より知ってるんだから。お兄ちゃんの才能がすごいんだって」

穏やかな微笑みを浮かべて話す遥香に、悠人は反論の言葉を失った。まるで役目を終えたかさぶたのように、自己欺瞞《ぎまん》が少しの痛みを伴って剝《は》がれていくのを感じながら。

「知ってる？　お兄ちゃんの小説はね、一つ一つの言葉が、読んだ人の心に寄り添ってくれるの。幸せな気持ちのときはそれを何倍にもしてくれるし、悲しい気持ちのときはそっと慰めてくれる。辛いときには前を向く力をくれる」

聞いている方が恥ずかしくなるほどの賛辞に、悠人は面映ゆい気持ちになる。

「いや、いくらなんでも、そこまで……」

「そこまでだよ！　ううん、それ以上かも。見ててね」

遥香はそう言うと車椅子から足を降ろした。

「お、おい、遥香？」

突然のことに悠人は慌てた。

けれど遙香はそんな悠人の心配をよそに、額に微かに汗を浮かべ、車椅子の肘掛けに置いた腕に力を入れる。

ふっと短く息を吐いた次の瞬間――

遙香は自分の脚で立ち上がっていた。

両手を広げ、バランスを取りながら、一歩、また一歩と前へ進む。

少しふらつきながらも、遙香はゆっくり悠人のもとに歩み寄った。

「遙香、歩けるようになったのか……！」

悠人は近づいてきた遙香の腕を取り、頽れそうになる彼女を支えた。

「うん、リハビリとかして、ちょっとずつだけど歩けるようになってきてるんだ。それに今日、お兄ちゃんの劇を観れたみたいに、小説だって、映画だって、もう触れることができる」

「遙香……頑張ったんだな……」

言葉が詰まる。それがどれほど大変なことだったか、悠人には想像もつかなかった。心因性の病気に対する治療やリハビリは、身体的な問題に対するものとは違った難しさがある。目で見ることも機械で測ることも難しい症状に対して、根気よく、そして慎重に付き合っていかなくてはいけないからだ。

「うん、頑張ったよ」

遙香は頷く。

「でもね、私が頑張れたのは、お兄ちゃんの聞かせてくれたたくさんの物語が、私の心を支えてくれたからなんだよ」

「僕の、物語が……」

呆然と悠人は呟いた。普通だったら自分の紡ぐ物語にそんな力があるなんて俄《にわか》には想像できない。けれど、遙香の真摯な言葉は悠人の胸の裡に強く響いて、不思議とそうかもしれないと信じることができた。

「あのね、私、夢ができたんだ」

「夢?」

「うん、リハビリをしていく中で、ずっと考えてたんだけど、今日、お兄ちゃんの劇を観て心が決まったよ」

光の宿った瞳で、遙香は悠人を見る。

「あのね、私、脚本家になりたい」

悠人は目を見張った。かつて物語に触れることすらままならなくなった遙香のその言葉に、自然と胸が熱くなる。その最後の一押しが自分の書いた脚本だというのだからなおさらだ。

けれど、続く遙香の言葉に悠人は不意を突かれた。

「それでね、もちろんオリジナルも書きたいけど、いつかお兄ちゃんの小説を脚本家として脚本にしたいんだ」

「……遙香、それは」

「だから、また小説を書いて欲しいな」

悠人を見上げる遙香の瞳は真剣そのもので、その言葉が冗談でないことは明らかだった。

そのとき、隣に立つ琴葉が嬉しそうな笑みを浮かべて悠人の顔を覗き込んだ。

「可愛い妹さんからのお願いじゃあ、断れませんよね、先輩」

「うるさい、にやにや笑うな」

どこまで計算されていたのかは分からないが、琴葉の望むとおりに事が進んだのは何だか癪《しゃく》に障る。しかし、

「だけど、まあ、そうだな」

遙香とのすれ違いを解消できたのは間違いなく琴葉のおかげだ。だとしたら、彼女の願いに応えるくらいはしてやってもいいのかもしれない。それが遙香の頼みとも一致しているのだから、断る理由がない。

「えっ、じゃ、じゃあ、書いてくれるんですか⁉」

琴葉が目を丸くして、部屋に響き渡る声で叫んだ。

「……ああ。うまく書けるかは保証できないけど」

「やった！　ありがとうございます、先輩！」

見ているこちらが恥ずかしくなるくらい、琴葉は喜んだ。その場でぴょんぴょんと跳びはねてその興奮を表現している。まるで子どもだ。

「じゃあまずは今回の劇を小説にしましょう！」

「いや、それはだめだろ。演劇部に納品した作品なんだし」

「渡辺部長に許可はとってあります！」

琴葉の応えに悠人は目を見張った。

「許可っておまえ、いつの間に……」

「ふふふ、こんなこともあろうかと最初に脚本の発注を受けたとき、こっそり交渉しておいたんです」

つまり悠人が演劇部の公演を酷評して、それが原因で脚本の執筆を引き受けることになったときのことだ。

あまりの周到さに悠人は驚きを通り越して呆れた。

ふふ、と遥香が小さく笑う。

「お兄ちゃん、小説、楽しみにしてるね」

ああ、と悠人は頷いた。

「それより、そろそろ車椅子に座った方がいいんじゃないか」

「うん、そうだね。さすがに疲れたかも……」

遙香は悠人に支えられながら、それでも自分の足で歩いて車椅子へ戻って腰掛けた。

「ありがとう、お兄ちゃん」

ずっと心を縛り付けていたものがほどけていくような心持ちで、悠人は頷く。

止まっていた時間が、ようやく動き出すような、そんな感覚だ。

ふと、悠人は思う。

琴葉が自分を見出さなければ、そして彼女が強引に脚本を書かせなければ、今この瞬間は存在しなかったに違いない、と。

悠人は嘆息し、振り返って言った。

「夏目、もう一度協力してくれるか」

琴葉が目を丸くして悠人を見つめる。

「それって、わたしが先輩の――冬月春彦の担当編集を、していいってことですか……？

小説を一緒に創ってもいいって、そういうことですか……？」

「ああ。夏目の実力はよく分かったからな。頼りにしてる。やってくれるか」

「はい、もちろんです！　何だってしてします！　また橋から飛び降りましょうか⁉」

琴葉はまるで神様に祈りでもするかのように胸の前で両手を組み、感極まったような表情を浮かべた。

「いや、それは止めてくれ……」

悠人が苦笑交じりに言った、そのときだった。

琴葉の身体がぐらりと揺れた。

そして、糸の切れた操り人形のように力なく、彼女は倒れていく。

次の瞬間、琴葉の全身が床に衝突する鈍い音が響いた。

「……え?」

悠人は何もできず、ただその光景を見ていることしかできなかった。

冷たい板張りの床に、琴葉が力なく倒れ伏している。


何が起きたのか分からず、悠人は呆然と目を見開く。

つい今まで無邪気に喜んでいた琴葉が。

いったい、何が。

強《したた》か打ち付けた琴葉の頭から血が流れ出し、床へゆっくり広がっていく。

それ以外の全てがモノクロに見えてしまうほどの、あまりに鮮烈な赤。

「琴葉さん！」

遙香の叫び声が、悠人の意識を現実に戻した。

床に倒れた琴葉に悠人は駆け寄った。

「夏目！　大丈夫か⁉」

琴葉の肩に手を置いて彼女の名を呼んだ。

しかし琴葉は苦しげに荒い息を吐くだけで、呼びかけに対する反応はない。

顔は蒼白で、血は止めどなく広がっていく。

「おい、夏目！　おい！　くそ、救急車を……！」

スマートフォンを取り出し、慌てて画面をタップするが、気付かぬうちに手に付いた血液と手の震えのせいでうまく操作できない。

「私が救急車を呼ぶよ！」

「あ、ああ、頼む！　おい、夏目！　夏目！」

悠人は必死で琴葉の名前を呼んだ。けれど、その声が琴葉の意識を呼び覚ますことはなく、ただ虚《むな》しく部屋に響くだけだった。

第三章　誰のための

市内の総合病院の一室。

白く清潔なシーツの上で彼女は眠っていた。

掛け布団がゆっくりと上下し、長いまつげが時折震えるのを見て、悠人《ゆうと》は安堵《あんど》した。

病室の窓からは薄暮に抱かれた山々が見える。

琴葉《ことは》が救急車で運ばれて丸一日が経《た》とうとしていた。悠人は昨夜教師とともに病院まで行き、夜中に一度帰宅した。その後、またこうして病院に来たのだが、琴葉は未《いま》だ目を覚まさない。

『夏目《なつめ》は……琴葉さんは、大丈夫なんですか？』

昨夜、病院に駆けつけた琴葉の母親とした会話を思い出す。

『あなたが、柊《ひいらぎ》くんね』

琴葉の母親は娘のことを心配していたが、一方でその表情と声にはどこか不思議な落ち着きがあった。

その落ち着きは、安心とは違った。むしろ、安心とは正反対にある——まるで自分の力の及ばない何事かを仕方なしに受け入れたかのような、そんな落ち着きだった。それが悠人の心をひどくざわめかせた。

そのとき、小さく呻《うめ》く声が聞こえて悠人は我に返った。

琴葉が薄く目を開けていた。

「夏目！　大丈夫か？」

大きな声を出しそうになるのを堪えて、努めて静かに尋ねる。だが返事はない。琴葉は周囲をゆっくりと確認してから、悠人に視線を向けた。次第にその焦点がはっきりとしていく。

「先輩……わたし……」

「ちょっと待ってろ。看護師さん呼ぶから」

悠人はナースコールに手を伸ばそうとした。しかし、琴葉は悠人の手に自分の手を添えて、そっとそれを止めた。

「夏目、どうしたん――」

琴葉がじっと見つめてきて、悠人は思わず視線を逸《そ》らしてしまう。

「……わたし、学校で倒れたんですね？」

「ああ……」

「……すみません。ご迷惑おかけしました」

「いや、それは大丈夫だけど、」

「……遙香《はるか》ちゃんは？」

「あのあと、父親に迎えに来てもらって、名古屋《なごや》に帰した。夏目のこと、心配してた」

「そうですか……悪いことしちゃいましたね。せっかく来てもらったのに……。わたしももっと話したかったな」

会話が途切れ、病室に重苦しい沈黙が満ちた。

琴葉は窓から初秋の山へ視線を遣った。その姿が病室というこの場所に何の違和感もなく収まっていることに、悠人は胸を突かれた。

「どうして、」

悠人は言葉に詰まり、琴葉が不思議そうに見てくる。

ぐっと歯を食いしばり、それから深く息を吐きながら言葉を振り絞った。

「どうして……今まで、黙ってた」

琴葉は驚いたように目を見開き、それからすっと表情を消した。

「……聞いたんですね」

静かで、しかし硬い声が病室に響いた。

悠人は小さく頷《うなず》いた。

「ああ、聞いた」

その答えを聞いて、琴葉は深いため息を吐《つ》いてそのまま天井を見た。琴葉の視線から解放されて悠人は少しだけ安堵してしまう。

「母からですか？」

「ああ」

「母は今どうしてます？」

「着替えを取りに行ってるよ。入院が長引くかもしれないからって」

「そうですか……。長引くんですね……」

琴葉は呟《つぶや》いた。それは彼女の母親の声とよく似た色をしていた。

寂しさと、諦めの色だ。

天井を見つめたままの琴葉は、今何を思っているのだろうか。

悠人には分からなかった。

「本当……なのか」

「本当、ですよ。残念ながら」

悠人は琴葉の横顔を見つめながら、彼女の母親から聞いたことを思い出す。

『琴葉はね、病気なの』

「脳の一部に病変《びょうへん》があるんです」

淡々と告白する琴葉と、震える声で語る彼女の母親の姿が交錯する。

『十歳くらいの頃に見つかって。世界でもほとんど症例がなくて、有効な治療法もないまま少しずつ悪くなって』

「不意に身体《からだ》に力が入らなくなったり、熱が出たりして」

『今は、まだ辛《かろ》うじて』

「学校に通ったりできてますけど、いつそれができなくなってもおかしくないって、お医者さんには言われてます」

最初にその事実を聞いてから今まで、ずっと信じられずにいた。

頭では理解できても、心がそれを拒絶していた。

しかし、琴葉本人の口から聞かされて、それはとうとう目の逸らしようのない現実として形を成してしまった。

「どうして、そんな状態で無理したんだよ……」

出会ってからこれまで、琴葉は変わらず自由奔放で、熱量に満ちていた。

いきなり三年生の教室に乗り込んできて、悠人を説得するために田圃《たんぼ》に落ちたり橋から飛び降りたりして、原稿の打ち合わせで徹夜して、文化祭の準備に駆けずり回って。

だが、今になって分かる。

その自由奔放さも、熱量も——命を燃やすことで得ていたのだ、と。

「夢を、叶《かな》えたかったんです」

「夢……」

水族館で琴葉のかつての同級生に会ったことを思い出す。

「編集者になることか……?」

琴葉は曖昧に微笑《ほほえ》む。

「嬉《うれ》しかったです。水族館に行って中学の同級生に会ったとき、先輩が、私が編集者になるのはもう夢じゃなくて予定だって言ってくれて。でも、」

「今も、そう思ってる」

悠人は琴葉の言葉を遮ってそう言った。「でも」という逆説の先を聞きたくなかった。

「だから、今はもう無理せずに治療に専念しろよ。今なら――」

「手術をすれば治る」

琴葉の声が一段低くなった。そこには静かな怒りと悔しさが、滲《にじ》み出《で》ていた。

「母がそう言ってましたか？」

「あ、ああ」

悠人は頷いた。

『医療の技術もこの数年で進歩してて、今なら手術をすれば治る可能性があるの』

かなり希少な疾患だったが、有効な手術法が開発されたのだと琴葉の母は言っていた。そして、手術をしなければ、病状は徐々に悪化していくだけだということも。あのとき、悠人は『可能性』という言葉に不穏当なものを感じた。しかし、

「成功率は八割、なんだろ。確かに、二割のリスクはある。だけど、このまま……」

死ぬよりマシじゃないか、と言いかけて、それ以上は言えなかった。それはあまりに無神経過ぎる。何より、死という言葉を口にすることが恐ろしかった。

当人にとって二割というリスクが相当の重みを持つことは悠人にも分かる。ただ、手術の成功率が八割と聞いたとき、想像していたよりずっといいと思った。そこに望みを託してもいいんじゃないかと思った。もちろん、そんなことは他人である悠人が決めつけていい話ではないが。

琴葉は小さくため息を吐いて、窓の方に目を遣った。

「十歳くらいのときに病気が見つかって、できていたことが、できなくなったんです。身体に負荷のかかることは、何もするなって。外で遊んだり、体育の授業に出たり、そういうことが。段々、友達もいなくなっちゃって。遊ぶ機会が減ったのもあったと思うんですけど、それよりもたぶん、わたしは病気になって、異分子になっちゃったんだと思います。子供って、異質さに敏感じゃないですか」

琴葉は淡々と語る。それが色々な感情を押し殺した結果なのだと悠人にも分かる。そうしなければ呑《の》み込《こ》まれてしまうから。

「そんなときに出会ったのが本だったんです。その前からも好きでしたけど、でも比較にならないくらい、むさぼるように本を読むようになりました。本だけが、わたしの寂しさを癒やしてくれました」

同じだったのだ、と悠人は思う。

琴葉も、自分も、孤独な世界で物語に救われた。

ただ、琴葉の場合は自分よりもっと切実だった。

「物語だけが、わたしに生きる力を、くれました」

生きるために、必要だった。

だから、彼女は本を創ることを夢見た。

これからも本を読むために、そして物語を創るために、生きる選択をすべきではないか。

「それなら――」

悠人がそう口にしようとしたとき、琴葉は首を振った。

「わたしの病気、このあたりにあるんです」

そう言って琴葉は左側頭を指差した。

「脳って、部位ごとに機能があるらしいんですけど、ここに何があるか、知ってますか？」

「いや、知らないけど……」

悠人の答えに琴葉は悲しそうに微笑んだ。

「言語中枢です」

「……え？」

それが言葉を司《つかさど》る脳の領域であることは知っていたが、それがうまく病気という単語と
――琴葉自身の現状と、結びつかなかった。

「手術を受けて生きられる率は八割。怖いですけど、でも、それだけならわたしは手術を受けたと思います。でも、言語に障害が残る可能性が九割。言葉を話せなくなるかもしれない、そこまでいかなくても、文章を理解できなくなるかもしれない、もう二度と本を読

めないかもしれない。そうなったらもう、編集者になる夢は決して叶えられない」

「そ、んな……」

呆然《ぼうぜん》と悠人は呟く。

かつて物語に救われて、物語に未来を夢見て、けれどそんな彼女が生きるには物語を捨てなければいけないなんて。

あまりに、残酷すぎる。

「……でも、それでも」

悠人は血を吐きそうな思いで言葉を絞り出す。

「死んでしまったら、何にもならないじゃないか。それなら――」

「すぐ死ぬとは限りませんよ」

悠人の言葉を遮るように琴葉が言った。

「同じ病気で、二十代後半まで生きられた人がいたらしいんです」

「え……？」

「珍しい病気の、その中でも稀《まれ》なケースですけど、でも、それなら、わたしは編集者になれる。大学を出て、出版社の入社試験だって一発で合格して、それで編集者になってみせます」

それが二十代の後半までだとしても構わない。

琴葉の言葉にはそんな気持ちが込められていた。

あまりにリスクとリターンの見合っていない賭けだ。

けれど、琴葉がそれを最善の選択肢だと思っていることは間違いなかった。

先輩、と琴葉が静かに告げる。

「わたしは手術を受けません。わたしが、わたしとして生きるために」

その目は今にも泣き出しそうに歪《ゆが》んでいるのに、それでも決意に満ちていた。

◆

キーボードを叩《たた》く音が八畳間に響く。

琴葉が入院してから一週間が経った。

あの日、悠人は何も言えなかった。

琴葉に手術を受けて生きて欲しいと思いながらも、彼女の切実な決意に口を出すことができなかった。

「……僕にできるのは、書くことだけだ」

自分に言い聞かせるように呟く。

この状況で小説を書くことが正しいことなのか、悠人には分からなかった。

何かしなければという焦燥が、小説を書くという琴葉とした約束に向かっただけの代償行為なのかもしれない。

「……っ」

けれど――いや、だからだろうか、悠人は三年というブランクの想像以上の重さを思い知らされていた。

脚本ではなく、かつて慣れ親しんだ小説を書き始めたことで、冬月春彦《ふゆつきはるひこ》として活躍していた頃からの変化がはっきりと分かってしまったのだ。

あの頃は水が流れるように自然と物語を展開できたし、キャラクターは一人ひとりが生きた人間として悠人の中に存在していた。そして文章は次から次へと湧いてきた――それこそタイピングの速度が間に合わないほどに。

けれど、今は違う。

一文書くごとに違和感が生じてしまう。

もっとよい表現があるような気がする。

本当にこの展開でよいのだろうかと不安になる。

キャラクターの言動に芯がないように思えてくる。

だから一文書いて、それを消して、また書き直して。

その翌日には、前日に書いた分を全部消して、また書き直す。

進捗は十ページにも満たない。

典型的な執筆障害《ライターズブロック》だ。

それが三年間、小説の執筆という行為から離れていた代償だ。いくら精神的にまた書こうという気持ちになったとしても、そのための基礎体力が失われている。それはきっと時間をかけてじっくり取り組めばいずれ取り戻せるだろうが、しかし、

「くそ……」

悠人は毒づいてキーボードを叩く手を止め、顔を上げた。

網戸にした窓から吹き込んできた秋風は、思いの外涼しい。気付かないうちに秋が少し深くなっていて、風の匂いも、山の色も、川面《かわも》の輝きも、全てが琴葉と一緒に脚本を創り上げた夏とは違っていた。少しずつ生から死へと移ろうようなその変化が、焦燥をかき立てた。

もしこのまま物語が完成しないまま、琴葉が命を落とすようなことになったら？

そんな焦りに押しつぶされそうになりながら、しかし悠人にできることは書き、消して、また書いてをひたすらに繰り返して漸進することだけだった。

けれど、どれだけ必死にそうしても、理想には遠く及ばない。

「まただめか……」

これまで書いてきたシーンを見直して、それを一気に削除する。

そのとき、床に置いたスマートフォンが鳴動した。

「何でお見舞い来てくれないんですか」

昼下がりの病室で、琴葉は開口一番、唇を尖《とが》らせて文句を言った。

琴葉が入院して一週間、悠人は一度も見舞いに来ていなかった。

「何でって……」

「わたしずっと待ってたんですよ」

しくしく、とわざとらしい泣きを入れ、

「デートまでした仲なのに。わたしのこと遊びだったんですか！」

「いや、まじでやめて……！　看護師さんがジト目でこっち見てたじゃないか。ますます来にくくなるわ……」

琴葉はくすくすと笑い、悠人は深くため息を吐いた。

「ほれ、桃缶」

「やった！　気が利くじゃないですか！」

「いや、おまえが持って来いって言ったんだろ……」

部屋で行き詰まっているとき、

『お見舞い来てください。桃缶！』

というメッセージが送られてきたのだった。

「おーっ、岡山の高級桃缶じゃないですか。よく手に入りましたね」

琴葉は嬉しそうに缶切りでぎこぎこ桃缶の蓋を開け、どこから取り出したのか二枚の小皿に取り分け、片方を悠人に手渡してきた。

「いや、僕は……」

「一人で食べるの寂しいじゃないですか。座ってくださいよ」

そう言われては断ることもできず、悠人はベッド横の椅子に座った。

二人で黙って桃を食べる。

シロップ漬けの桃は甘く、疲れた頭に染み渡っていくようだった。

しばらくして桃を食べ終わり、悠人はふと病室の隅に目を遣った。

そこには果物やらお菓子やらが積み上がっていた。

悠人の視線に気付いたのだろう、琴葉は「ああ」と笑った。

「この前、翔子《しょうこ》ちゃんや渡辺《わたなべ》先輩たちが来てくれました。他の演劇部の人たちも」

「皆一緒に来たのか？」

見舞い品の量に驚きながら訊《き》くと、琴葉は首を振って「少人数で何回かに分けて」と言った。さすがに大勢で病室に押しかけるという非常識な事態にはならなかったらしい。

「でも、お見舞い品、食べ物ばっかりなんですよね。花とか一切なくて……。わたしどんなイメージなんでしょう」

さあなと悠人が笑うと、琴葉は不服そうにむくれたが、その表情はすぐに穏やかなものに変化した。

「……本当に、ありがとうございます」

「夏目？」

「……小学生や中学生のときも長く入院したことがあったんですけど、こんなふうに色々な人にお見舞いに来てもらうことはなくって」

琴葉は静かな笑みを浮かべて見舞いの品々を見る。

「でも、今回はいっぱい来てもらえました。だから、ありがとうございます。たくさんの人と繋《つな》がることができたのは、先輩のおかげだと思うので」

悠人はぐっと黙り込み、首を振った。

「違うだろ」

「え？」

「夏目が頑張ったからだろ。僕を引っ張り出して、演劇部を説得して、脚本をディレクションして、文化祭の宣伝を打って。そういう夏目の頑張りを知ってるから、あいつらは来たんだろ」

琴葉はしばし呆然としていたが、はにかむように笑って、

「それでも、先輩がいたからなんですよ。やっぱり」

と言った。

「頑固だな……」

「先輩に言われたくないです」

三年間も自責の念に捕らわれていたことを言っているのだろう。

「僕のは頑固とは違うだろ……」

そうしてしばらく会話をしてから、不意に琴葉が言った。

「小説、書いてるんですか？」

「え……ああ、うん、まあ書いてるよ」

言葉に詰まりながら、咄嗟《とっさ》にそれだけ応えた。

上手《うま》く筆が進まないことは隠したかった。

病床の琴葉を心配させたくなかったし、小説を書くと宣言したのにいきなり躓《つまず》いているのが情けなくもあったからだ。

けれど、そんな悠人の態度は分かりやすすぎたようで、琴葉は苦笑まじりにため息を吐いた。

「上手くいってないんですね？」

「いや、そんなことは……」

ごまかそうとした悠人だったが、琴葉の視線が突き刺さり、早々に白旗を上げた。

「……いや、まあ、うん。上手くはいってないな」

それから悠人は今の執筆状況を白状した。

「そう……ですか」

悠人の状況を聞き終えた琴葉は小さく息を吐く。

「書く気持ちにはなっているけど、小説を執筆する感覚が取り戻し切れていない、と」

「ああ……どうすればいいと思う？」

悠人の問いに琴葉は驚いたように目を丸くした。

「何だよ」

「いえ……先輩がこんなに素直にわたしを頼るなんて、少しびっくりして……」

「夏目は僕の担当編集だろ」

悠人の言葉に琴葉は微苦笑を浮かべてから俯《うつむ》いた――それは担当編集と呼ばれて素直に喜ぶ普段の彼女とは違って、ほんの少し翳《かげ》りのある表情のように思えた。そして、

「もう、先輩の担当編集はできません」

そんな言葉が病室に静かに響いた。

「え……？　で、できないって……」

「すみません。こんな無責任なかたちで……」

「え、い、いや、無責任とかじゃなくて、どうして……」

琴葉から受けた突然の通告に、悠人は動揺していた。

彼女が自分から編集を降りると言い出すなど、想像もしていなかったから。

「わたし、転院することになったんです。東京の大学病院に」

「東京の、大学病院……？　まさか、そんなに悪いのか？　そんな遠くの大学病院に移らなくちゃいけないくらい……」

「状態は、まあ、よくはないです。でも、今すぐどうこうというわけじゃないんです。ただ、東京には専門のお医者さんがいて、設備も整っていますから、少しの間入院して、検査とか処置とかして、またよくなったら戻ってくるつもりです」

「そうなのか……」

琴葉の答えに悠人はほんの少し安堵した。緊急を要する事態というよりは、予防的な措置なのだろう。

「でも、それなら別に担当編集を降りなくてもいいだろ。原稿はメールで送れるし、打ち合わせだって通話アプリでできるし……」

琴葉が笑みを浮かべる。今にも泣き出してしまいそうな、そんな苦しげな笑みだった。

「こうして頻繁に会うこともできなくなりますし、検査とか処置の時間とかも増えると思います。原稿のチェックをする時間もあまり取れなくなるかも……。だから、すみません、これ以上は担当編集を続けることの方が、無責任になってしまいます」

「無責任なんて、そんなことない。それに、僕もまだブランクがあって上手く書けない。ここまで一緒に創ってきた夏目のサポートが必要なんだよ……！」

自分で言って情けなくなってくるが、それが正直な気持ちだった。小説の執筆という孤独な行為において、的確なアドバイスをくれる理解者がどれほど得難いものか。

そのとき、ベッドに座る琴葉が手を伸ばして悠人の頰にそっと触れた。

「夏目……？」

「先輩は、もうわたしがいなくても大丈夫です」

それは静かで、寂しげで、しかし確信に満ちた声だった。

「先輩は過去の辛《つら》い経験を乗り越えて、立ち直ったじゃないですか」

「いや……でも、僕はまだ……」

思うように小説を書くことができなかった。

「先輩は、怪我《けが》が治って歩けるはずなのに、歩くのを怖がってる子どもなんです」

「え……子ども？　夏目、何を……」

困惑する悠人に構わず、琴葉は言葉を続ける。

「だから、思い切って何にも頼らず歩いてみてください。最初はぎこちないと思います。だって、すごく久しぶりに歩くんですから。でも、大丈夫。怪我はもう治ってて、それどころかきっと前より強くなってます。だから歩き続けてください。そうすれば、すぐに何の苦も無く歩けるようになります。そのためには、隣で支える人間はかえって邪魔なんです。先輩は、一人で歩かなくちゃいけない」

ふっと琴葉が息を吐いて、にこりと微笑んだ。

「先輩は、きっと誰より遠くまで行けます。わたしが保証します」

「……っ」

一緒に隣を歩いてくれないのか、とは訊けなかった。

「じゃ、じゃあ、たまには見舞いに行かせてくれよ。東京なら新幹線ですぐだし」

「それは駄目です、先輩」

「え……？」

「本が完成するまで、来ないでください。先輩の時間を無駄にしないでください。もし、わたしのことを想《おも》ってくれるのなら、その時間を小説を書くことに使ってください」

「そ、れは……」

すぐに頷くことはできなかった。

琴葉の言葉は、頭では理解できる。

けれど、本ができるまで琴葉に会えないという事実をうまく呑み込めなかった。

きっとどれほど急いでも、原稿を完成させて本ができあがるまでには半年以上かかる。

ブランクでうまく筆が進まない状況を考えると、あるいは、もっと遥《はる》かに長く。

本当に自分は一人で書けるのだろうか。

もしその間に、琴葉に何かあったら？

想像もしたくないけれど、今、この瞬間が彼女に会う最後の時間になってしまうのではないか――そんな畏れと不安が心の中を渦巻く。

「夏目、僕は……」

しかし、そんな気持ちを腹の底にぐっと押し込んだのは、微笑む彼女の目の端に涙が浮かんでいるのを見てしまったからだった。

編集者にこだわっていた琴葉は、いったいどんな想いで、そしてどれほどの決意で、自分が担当する小説を手放そうとしているのだろう。

それを想像するだけで、胸が締め付けられる。

彼女の信頼と期待に応えなくてはならない、と強く思った。

いや、応えるだけでは足りない。

彼女が倒れた日からずっと動揺していた悠人の心が、堅く焼結していった。

「……分かった。一人で書き上げる。本ができるまで、見舞いにも行かない」

絞り出すように言った。

「はい。それがいちばんいいです」

琴葉が安心したように目元を緩める。

「ただし、約束しろ」

予期せぬ言葉に琴葉が首を傾《かし》げ、不思議そうに見つめてくる。

「約束……ですか？」

「ああ。小説が完成したら、僕はそれを持って夏目に会いに行く。それで、夏目はその本を読むんだ。いいな？」

「はい」

琴葉は微笑を浮かべて頷く。

「もちろん、そのときは喜んで。……約束って、それだけですか？」

「いや」

悠人はかぶりを振る。

「もし僕の小説を読んで少しでも生きたいと感じたら、手術を受けろ」

意表を突かれた琴葉は目を丸くした。数秒の沈黙の後、苦笑を浮かべる。

「言ったじゃないですか。わたしは言語障害のリスクを負ってまで生きたいとは思いません。いくら冬月春彦の新作でも、それを読んでわたしがこの気持ちを変えるなんてことはありえません」

「いいから、約束しろ」

悠人の言葉に琴葉は目を見開き、それから困ったようにはにかんだ。

「先輩にしては、強引ですね。でも……はい」

それは受諾というにはあまりに短い言葉だったが、二人にはそれで十分だった。


数日後、琴葉は東京に転院した。


カタカタカタカタカタカタカタカタカタカタカタカタカタカタカタカタカタカタ――

一瞬も途切れることなく、かと言ってリズミカルというわけでもなく、坦々としたキーボードの打鍵音が八畳間に響く。それはしとしとと降る秋雨《あきさめ》のように絶え間なく静かな音。

昼間だというのにカーテンを閉め切った部屋で、悠人はノートパソコンの青白く輝くディスプレイを瞬《まばた》きもせずにじっと見つめていた。

琴葉が転院してから一ヵ月が経ち、十月も終わりに近づいていた。

悠人はその間、ひたすらに小説を書き続けていた。

朝も夜もなく睡眠も満足にとらず、キーボードを叩き続ける日々。近所のスーパーで菓子や食料を買いためるために外出する以外は、部屋に籠もっていた。

学校には行っていない。体調を崩してしばらく休むと伝えてあった。

当初それは休むための嘘《うそ》だったが、今となっては体調が悪いのは本当のことだ。

睡眠も栄養も足りておらず、腰や背中が凝り固まり、目も乾いて痛い。

ただ、それでも不思議と思考は冴《さ》えていた。

考えるより先に言葉が脳裏に浮かび、脳内でキャラクターが行動し、物語がぐいぐいと前に進んでいく。それは冬月春彦として活躍していた全盛期の感覚に近いものだった。いや、それを上回るかもしれない。

一ヵ月前、小説の執筆を再開した頃に感じたブランクは、すっかり消え去っていた。

琴葉に突き放された日に、悠人の覚悟は定まった。

執筆を阻害していた迷いや焦りは脳内から追い出された。

書き続けることに全精力を注《つ》ぎ込《こ》むしかないと思ったからだ。

全てを擲《なげう》って書く――それが悠人の決意だった。

しかし、そのやり方は言うまでもなく諸刃《もろは》の剣《つるぎ》だ。

ほとんど命を削って書いているのと変わりない。

「水……」

別人のように嗄《か》れた声が喉から出て驚く。

最後に水を飲んだのはいつだっただろうか。食事は？　睡眠は？

疲労に気付くと身体が急激に重くなった。

タイピングをしていた指すらもうまく動かなくなり、不随意に痙攣《けいれん》した。

これでは執筆もままならない。

冷蔵庫へ這《は》っていき、ドアを開けて目を見張る。

空っぽだった。

「くそ」

買い出しに行くため立ち上がろうとするが脚に力が入らず、逆にその場に倒れ伏した。

床の冷たさが、押しつけた頬から伝わってくる。

起き上がることができない。

「まだだ。あの物語は、まだよくなる……。もっと書きたい……こんなところで倒れてるわけには……」

視界がぼやけてきた、そのときだった。

インターホンの音が鳴った。

しかし、身体に力が入らず対応できない。

もう一度、インターホンが鳴る。

何もできずに床に転がっていると、ドアを激しく叩く音がした。続いて男の声。

「おい、柊！　いるんだろ！　俺だ、渡辺だ！　開けろ！」

渡辺——演劇部の部長だ。意外な人物の訪問に悠人は混乱したが、それでも渇いてひりつく喉から辛うじて外に届くかどうかという程度の声を絞り出した。

「鍵……開いてる……」

直後、ドアが開け放たれ、新鮮な空気が入り込んでくる。続いて、驚いた渡辺が慌てた様子で駆け寄ってきた。

「おい、大丈夫か⁉」


人心地がついたのは、渡辺が来て三十分ほどが経った頃だった。

「救急車、本当に呼ばなくて平気なんだな？」

渡辺の問いに悠人はゼリー飲料を飲みながら頷いた。

「ああ、だから大丈夫だって。ちょっと疲れただけだから」

「ちょっと疲れただけの人は、床で動けなくなったりしないんだよ……」

呆《あき》れと心配の混じった口調で言ったのは副部長の樋川《ひかわ》翔子だ。渡辺と一緒に訪問してきたのだ。

悠人は長方形のローテーブルを挟んで二人に向き合う。テーブルの上にはスポーツ飲料

や栄養ドリンク、菓子やパン、おにぎりなどが置かれている。渡辺が持ってきたものだ。

琴葉の転院の見送りに姿を見せず、そのうえ一ヵ月近くも体調を崩して学校を休んでおり連絡もつかない悠人を心配して、二人は見舞いに来たということだった。

「ありがとう、助かった」

大丈夫とは言ったものの、未だに身体はだるいし、頭痛もひどい。もう少し休まないと回復しないだろう。一ヵ月間、溜《た》めに溜めた無理が反動として表に出たようだ。彼らが来なかったら危なかったかもしれない。

「でも、少し意外だな……。樋川さんはともかく、部長が僕の見舞いにわざわざ来てくれるなんて」

正直に言ってあまり好かれてはいないと思っていた。

「あんたには世話になったからな。おかげで地区大会も好評で全国大会に進めた」

「そうなのか……おめでとう」

悠人は執筆に集中していたので失念していたが、地区大会は九月末にあり、今は全国大会に向けて練習を重ねているとのことだった。それは喜ばしいことだ。

「ねえ柊君、琴葉ちゃんと何かあったの……？　転院の見送りにも来ないし、急に学校休むようになって。琴葉ちゃんに電話で聞いてもはぐらかして何も教えてくれないし……」

どう答えようか迷った。

何でもないとごまかすのは簡単だが、それは心配して来てくれて、しかも危ういところを助けてくれた二人に対してあまりに失礼だろう。とは言っても、現状を説明しようにもその内容が悠人と、何より琴葉の個人的な事情に深入りし過ぎる。

自分のことはまだいい。過去を乗り越えた今となってはもう隠し立てする必要もないのだから。けれど、琴葉の病気のことはどうだろう。彼女はこの二人に己の病のことや転院の理由を正直に告げたのだろうか。

しかし、悩んでも分かるものではない。

「……二人は夏目からどこまで聞いたんだ？　僕の口からは言えないこともある」

渡辺と翔子は沈痛な面持ちで目線を交わした。

「脳の病気で、あまり状態はよくないって……そう聞いた」

悲しげな翔子の声が宙に漂う。

翔子は琴葉と友人関係にあったから、病気に関する告白を受けたときの衝撃も大きかったただろうと悠人は思う。

「聞いたのは俺と樋川だけだ。二人でここに来たのは、そういう理由もある」

渡辺は淡々と言ったが、その声には隠しきれない苦悩が滲み出ていた。

それなら話してもいいのかもしれない、と悠人は思った。

自分は演劇部の脚本作りを通して救われた面が大きい。

それに一度は彼らに納品した脚本を小説にするのを許してもらっている状況もある。

琴葉が彼ら二人を信用して自身の事情を話したのであれば、むしろ経緯は説明しておくべきなのだと思えた。

「僕とあいつは──」

悠人は渡辺たちに事情を説明し始めた。

琴葉が悠人に小説を書くようにずっと働きかけていたこと。

悠人がかつて作家・冬月春彦として活動しており、ネット上での炎上が原因で筆を折ったこと。そして、それを理由に琴葉の頼みを断り続けていたこと。

と、そこまで説明したところで、渡辺が慌てたように話を遮った。

「おいおい、ちょっと待ってくれ。冬月春彦って言ったか？　あの？」

その隣で翔子もまた驚きと困惑に満ちた目で悠人を見ながら、うんうんと頷いている。

「……まあ、たぶんその冬月春彦だと思う」

「まじか……」

渡辺は呻いて天井を仰いだ。

「本物の作家さんだったとはねえ……」

と、翔子も顔を引きつらせていた。

「だけど納得かも。あの脚本、明らかに高校生が書いたレベルじゃないもん……」

「……黙ってて悪かった」

悠人の謝罪に対して、渡辺が首を振った。

「別に謝るようなことじゃないだろ。誰にでも言いたくないことはあるし、今、聞いたような事情があるならなおさらだ。それに俺たちはあんたの書いた脚本と、あんたの脚本に対する態度を信用して劇をやったんだ。あんたがプロの作家だろうが、そうでなかろうが、俺たちには実際のところあんまり関係ないんだよ。まあ、驚きはしたけどな」

翔子も同意するように「そうだね」と頷く。

「ありがとう。そう言ってもらえると、少し気が楽になる」

思ったよりも二人から信頼されていることを知って、悠人の心は感謝と安堵にふっと緩んだ。

「ごめん。話の腰を折っちゃった。それで？」

「ああ……」

悠人は残りの出来事について説明を再開した。

文化祭での公演後、琴葉のおかげで立ち直り、小説を書く気持ちを持てたこと。

しかし、ブランクのせいでうまく書けずに琴葉に相談したところ、一人で書くように諭されたこと。そして、本の完成まで会わない約束をしたこと。

「そんな約束をしてたのか……」

「二人とも創作への情熱がすごいね……ちょっと怖くなるくらい……」

それから、翔子は部屋の端に目を遣った。

「……ねえ、柊君。ずっと気になってたんだけど、あの紙の山は？」

翔子の視線の先には一つ一つの厚さが数センチほどある紙束が、いくつもうずたかく積み上がっている。

「小説の原稿だ。この一ヵ月でかなり改稿したから……」

「改稿って……どれだけ書いたらあんな山みたいになるの……？」

「確か今書いてるのが第四十稿かな」

「四、十……」

翔子が絶句する。

「頭から最後まで、何度も書けば感覚が戻るはずだと思ったから」

それが吹っ切れた悠人のした選択だった。

執筆障害《ライターズブロック》に陥っていたときのように文章を行ったり来たりして直すのは止め、とにかく最初から最後まで小説を書き上げる。

普通はその後、書き上げた原稿の各所を修正することで完成原稿を生み出す。

しかし、悠人はそうしなかった。

書き上げた原稿を読んで、捨てる。

そして、もう一度、最初から最後まで書き上げる。

それを何度も繰り返す。

その度に物語は大きく変容していき、悠人の感覚もどんどん研ぎ澄まされていった。

「演劇部の脚本と変わって申し訳ないけど、ヒロインのひよりの人物像は、小説だと大きく変わると思う」

「ひよりの……？」

元々ひよりは目の前にいる樋川翔子に当て書きしたキャラクターだった。

「何度も書き直すうちに、死に至る病に悩み苦しむひよりは、間違いなく夏目のことだと思った。こんなに相応《ふさわ》しいモデルは他にいない、って。脚本を書いてたときは、まさかあいつが病気を患ってるなんて想像もしてなかったけど……」

実際、琴葉をモデルとしてひよりを描写することで、物語は一段と輝きを増し、完成度は飛躍的に高まった。しかし、

「……それは、どうなんだよ。夏目さんのことをそんなふうに使っていいのかよ。人の苦しみを、そんな、道具か材料みたいに……」

渡辺が苦々しげに言った。その声には悠人に対する困惑と怒りが入り交じっている。

「……ああ。人として、どうかと思う、よな」

渡辺の指摘は悠人とて感じていたことだ。

った。しかし、執筆の最中、まるで琴葉を引き裂き、切り貼りしているような感覚に襲われることもあった。

「部長、それは私たちの価値観なんだよ」

翔子の声には諦めと憧憬の混じったような響きがあった。

「俺たちの価値観……?」

渡辺は怪訝《けげん》そうに眉をひそめた。

「うん。常識って言い換えてもいいのかも。柊君も、琴葉ちゃんも、きっともう、そういう常識からは外れちゃってる。全部、創作のために使うつもりなんだよ」

「全部って……」

「全部は全部だよ。時間も、命も、人生も、全部。そうじゃなきゃ、身動きが取れなくなるまで小説を書くなんてことしない。私も琴葉ちゃんのことを物語の材料みたいに扱うのには抵抗があるけど、でも、それを責めることも非難することもできない。だってそれはきっと柊君と琴葉ちゃんの二人にとって、疑いの余地もないくらい正しいことだから」

翔子の言葉は少しだけ間違っている。

悠人は自分のしていることが正しいと思っているわけではなかった。

ただ、たとえそれがどれほど非道なことだとしても、それが物語をより良くするために今の自分ができる最善手である以上、当然そうしなくてはいけないと思っているだけだ。

渡辺が打ちひしがれたように呻いた。

「はあ……分かったよ。俺からは何も言えない。要するに、あんたは夏目さんの期待に応えるため、なりふり構わず小説を書いてるってことなんだよな」

悠人が琴葉の見送りに来なかった理由も、学校を休んで膨大な量の原稿を書いている訳も——納得はしきれていないものの——理解したという様子で渡辺が言う。けれど、

「いや、僕はあいつの期待になんか応えるつもりはない」

悠人は渡辺の理解を覆すように言い放った。

「は？」「えっ？」

渡辺と翔子は訳が分からないという様子で目を丸くする。

「僕はあいつの期待どおりの小説なんて書く気はさらさらない。そんなものでいいなら、もう第五稿の段階でできあがってる」

かつての冬月春彦のレベルでいいのなら、悠人はもうとっくに仕上げていた。

「えっ、じゃあ、残りの三十五稿は何なの……？　柊君は、何を書いてるの……？」

先ほど悠人の常識からの逸脱に理解を示した翔子も、今度こそは慄然としていた。まるで怪物でも目の当たりにしたかのように。

「言っただろ。僕は、あいつの考えを変える。生きたいと思わせる。そのためにはあいつの期待どおりの小説じゃ全然足りない。そんなもの超えなくちゃいけないんだ。これは、

そのための——あいつの心に届かせるための破壊と再構築《リライト》だ」

◆

十二月も中旬になって、その日は、山に囲まれた平野の町に重たい雲が蓋をしていた。

悠人はひなびた喫茶店の奥まったソファ席でコーヒーを飲んでいた。

琴葉が東京に転院して、もう二ヵ月半ほどの時間が経っていた。

妹の遙香から伝え聞いたところによると、琴葉は元気にしているらしい。退院の目処《めど》は立っていないとのことだったが。

「冬月先生、お久しぶりです。待たせてごめんなさい」

顔を向けると洗練された雰囲気の女性が立っていた。

編集者の稲村《いなむら》だ。

「いえ、僕が早めに来ただけなので。こちらこそ、わざわざ岐阜まで来てもらってすみません」

稲村は悠人の正面に腰を下ろして首を振る。

「私が来たかったの。今どき打ち合わせはオンラインでもできるけど、冬月先生と仕事するのは久しぶりだったし、何よりこれに関しては直接、顔を見て話したかったから」

店員がやってきて、稲村はカフェラテをオーダーする。

しばらくしてカップが運ばれてきた。

「それにしても、驚いたわ。冬月先生からいきなり原稿が送られてきたときは」

原稿が完成したのはつい一週間前のことだ。

すぐに稲村に連絡を取り、原稿を送った。

「すみません、突然」

「ううん、全然構わない。あなたがまた小説を書いてくれたことが嬉しかった。それにその編集者として私を選んでくれたことも」

「ああ……それは、まあ、はい」

実のところ、三年間筆を折っていた悠人が気軽に連絡を取れる編集者が彼女だけだったという事情も多分にあるのだが、そのことは黙っておこうと思った。

が、悠人の考えを察したのか、稲村は意地悪そうな笑みを浮かべた。

「あなたを信じた私の粘り勝ちね」

「……相変わらず重いですね」

「ひたむきと言って」

稲村は甘い香りの湯気の立つカフェラテをそっと口に運んだ。

「それで、原稿のことなんだけど」

稲村は鞄《かばん》から原稿を取り出し、テーブルに置いた。

悠人は彼女の原稿に貼られた数十枚はあるだろう付箋紙に息を呑み、無意識に背筋を伸ばした。あらかじめテーブルに置いてあった自分の原稿を引き寄せる。

できる限りのことをした原稿だった。渡辺と翔子が来たあとも部屋に引きこもって書き続け、ついにこれ以上のものはできないと思った作品。けれど、それが『商品』として出版に足るかどうかは、悠人には判断がつかない。

これからたくさんの指摘をされることを覚悟で、赤のボールペンを握った。

「このまま刊行します」

稲村の宣言に悠人は目を見開いた。

「え……っと、このまま、ですか？」

「ええ、そうよ」

「改稿とかは……」

「いらないわ。はっきり言って原稿は完璧。このまま印刷に出して、ゲラを校正さんに見てもらったらちょっとした誤字とかの指摘はあるかもしれないけど、それを直したら、それで冬月先生の作業は終わり」

悠人は想定外の事態に言葉を失った。かつて冬月春彦として活動していたときでも、編集との打ち合わせで改稿が発生しなかったことなどない。必ずストーリーやキャラクターの調整が入ったものだ。

だというのに、改稿がいらない？

握りしめたボールペンの行き場がなくなって、無駄にくるくると手の中で弄んでしまう。ぱたりと音を立てて原稿の上に落ちた。

「あの、じゃあ、その大量の付箋は？」

「これは感動したシーンに貼ってあるの。あとで伝えようと思って」

「……紛らわしすぎますね」

悠人はがっくりと項垂《うなだ》れた。

「この原稿に手を入れようなんてとんでもないわ。私が最初にオフィスで読んだとき……あ、やばい、ちょっと思い出しただけなのに……」

「えっ？　い、稲村さん⁉」

悠人は慌てた。

何しろ目の前で大人の女性がぽろぽろと涙を零《こぼ》し始めたのだ。

「ご、ごめんなさい……」

稲村はそう言ってハンカチを目元に当てた。ぐすぐすと洟《はな》をすすっている。

喫茶店の店員がちらちらとこちらを気にしているようで落ち着かなかった。

しばらくしてようやく稲村が落ち着きを取り戻す。

「……涙腺、緩くなったんじゃないですか？」

稲村にはデビュー作を含めて何作も担当してもらったが、彼女が泣いているところなど初めて見た。

「ちょっと、人を年取ったみたいに言わないでよ」稲村は目をつり上げた。「この小説が圧倒的過ぎるのがいけないのよ。あのクソジ……編集長が休憩室で泣いてたのよ。初めて見たわ」

「僕、その人のことほとんど知らないんで……。ってか、今クソジジイって言おうとしましたよね⁉」

「とにかく」稲村はごまかした。「この小説はそのくらい圧倒的だったってこと」

それから稲村は原稿の付箋を貼ったページを開いて「例えばここはね」と一ヵ所ずつ丁寧に感想を述べていった。

「……ありがとうございます」

全て聞き終えてから、悠人は頭を下げて礼を言った。

信じてくれて、待ち続けてくれて、そしてまたこうして作品を担当してくれて。

「稲村さん、それで」悠人は顔を上げた。「刊行は、いつ頃になりそうですか」

「……やっぱり、それが気になるわよね」

稲村は複雑な表情を浮かべた。

実は原稿を送ったときに、稲村には大まかな事情を説明してあった。

夏目琴葉という後輩と一緒に物語を創り、けれど今、彼女は重い病によって入院しているということ。

そして、何とかして彼女に書籍というかたちでこの作品を届けたいということ。

それはとても個人的な事情だったが、稲村ならばいくらかの配慮をしてくれるのではないかと願って事情を明かしたのだ。そればかりは出版社の社員である彼女に頼るしかないから。

「今から入稿して、冬月先生に著者校をお願いできるのが正月明けて少ししてからと、一月の終わりくらい」

著者校——正確には著者校正は、書籍と同じレイアウトで印刷されたゲラに、校閲者の疑問点が鉛筆書きで入れられたものを作者である悠人がチェックする工程だ。今回は二回、著者校を行うのだろう。ゲラ自体の製版や校閲者の作業時間も必要となるから、それなりの時間がかかる。

「並行して、カバーのイラストやデザイン、それに販促もしっかり準備したいから刊行は三月末になるわ」

「三月末、ですか……」

今からおよそ三ヵ月半。それが通常のスケジュールであることは悠人にも理解できる。むしろ出版社にとって予定外の原稿で、そのうえ年末年始を挟むことを考えたら、急いでもらっている方だろう。しかも販促まで打ってもらえるのだから破格だ。

「……分かりました。大丈夫です。それでお願いします」

いったいどれほどの時間が残されているのか悠人には分からなかったが、これ以上刊行スケジュールを早めることは不可能だろう。

「ところで冬月先生、受験生よね。こんなことしてて大丈夫なの？」

「こんなことって……編集者の言うことですか」

「作家さんの生活や人生に配慮するのも編集者の仕事なの。ほら、著者校のある時期とか、完全に受験シーズンまっただ中じゃない。小説の方は二ヵ月くらい遅らせて、受験が終わってから取りかかってもいいのよ」

「それは、ないですね」

悠人が首を振ると、稲村は「まあ、そうよね……」と諦めたようにため息を吐いた。

「そもそも、冬月先生、ちゃんと受験勉強してるの？　夏休みは劇の脚本、そのあとは小説の執筆。それにこの原稿、一回で書き上げたわけじゃないんでしょ？　三年前と比べてちょっと想像できないレベルだもの。どのくらい改稿したの？」

「六十回くらいですね」

正確には六十二回。しかもただの改稿ではなく、毎回それまでの原稿を捨ててゼロから書き上げるのを六十二回だ。

稲村はあんぐり口を開けて、悠人を見つめる。

「……冗談、じゃなさそうね」

額に手を当て、稲村は先ほどより数倍は深いため息を吐いた。

「まあ事情が事情だし、過ぎたことだから仕方ないけど、これからはそういう無茶はやめて。作家人生をかえって縮めるわ」

はい、と悠人は素直に頷いた。琴葉が転院してからの二ヵ月半は、自分でも信じられないくらい集中していた。だが、それが終わった後の疲労感と虚脱感も凄《すさ》まじく、数日間はほとんど寝て過ごした。何度もできるものではないというのが身をもって学んだことだ。

「じゃあ、浪人するの？　っていうか、卒業できるの？」

「質問が辛辣過ぎませんか……？」

「だって、勉強する暇なかったんじゃない？　それにそれだけ小説に集中してたってことは学校行ってないでしょ」

「学校はぎりぎりなんとかしてもらえそうです」

体調不良と嘘を吐いて休んでいたことがバレて担任にはかなり厳しく叱られたが、同時に渡辺たちが事情を伝えてくれていたらしく温情が与えられたのだ。補習と課題提出でどうにか卒業できるらしい。

「受験の方は、夏休み前までは真面目にやってたから共通テストは何とか……。まあ、この前から追い込みを始めたところですけど……」

「あらら、それは大変」稲村は苦笑した。「じゃあ、後で受験関係のスケジュールをメールで送っといてくれない？　それ見てこっちの進行も調整するから」

「分かりました。よろしくお願いします」

◆

年が明けて二週間ほどが経った。

その日の午後、悠人は灯油ストーブで暖められた部屋で、高校を卒業するための補習課題を黙々とこなしていた。

窓から見える景色は、朝から降り続いている雪で純白に染められていた。この町に越してきて三年経つが、これほどの降雪は初めてだった。アスファルトの道路もすでに雪に覆われており、それでもなお止《や》む気配はない。

小説の方は、一週間ほど前に一回目の著者校を終えて稲村に送ってあった。もうすぐ二回目の著者校のための再校のゲラが送られてくるだろう。順調な進捗と言えた。

受験の方はというと、ちょうど昨日、共通テストが終わったところだ。基本的には共通テストだけで受験可能な大学に絞って受けるつもりなので、もう受験勉強の必要はない。あとは補習課題をこなすだけだ——それがまた膨大な量なのだが。二ヵ月以上も学校をサボっていた代償は大きかった。

「これどうやるんだっけ……」

受験で使わなかった科目はかなり頭から抜け落ちていて、課題を進めるのに難儀する。悠人は授業のプリントを探すために、部屋の隅のカラーボックスを探し始めた。古いプリントなのでなかなか見つからず、手当たり次第にファイルやら何やらを引っ張り出す。そのとき、奥から黒い箱が出てきた。雑に取り出したので弾みで蓋が開く。


小さな包みが、そこには入っていた。

何だっただろうか、と思って取り出してみる。

配達状に出版社の名前があるのを見て思い出す。

「稲村さんが送ってくれたやつか……」

何ヵ月か前に、稲村が送ってくれたものだ。確か中身はファンレターと言っていた。

普通、ファンレターは担当編集が内容を確認した後、作家に転送される。悠人の場合、三年前の妹に関する一件があって以来、転送を断っていたために稲村の手元にかなり溜まっていたのだろう。

数ヵ月前は中を確認する気分にはなれなかった。封も開けずに、箱の中に放り込んでしまった。

けれど、今は違った。

包みの封を開け——バサリと、中に入っていたいくつもの封筒が落ちた。

「おっと……」

悠人は畳の上に散らばったそれらを拾おうと屈《かが》み、

「……え？」

訳が分からず硬直した。

じん、と頭の奥が痺《しび》れるような感覚に襲われる。

そこに想像もしていなかった文字の並びを見つけて。

そのとき突然、大きな振動音が響き渡って、心臓が跳ね上がった。

テーブルの上でスマートフォンのバイブが鳴動している。

悠人は上手く回らない頭でそれを手に取った。

「もしもし」

『あ、お兄ちゃん？』

「……なんだ、遙香か」

『なんだとは失礼な～』

「ああ、いや、悪い。遙香から電話が来ると思ってなかったから。どうかしたか」

『試験、一段落したかなと思って。お疲れ様って言おうと思って』

メッセージアプリで定期的にやり取りしているから、遙香は大まかに悠人の予定を把握している。共通テストが終わったのを見計らって連絡してきたということらしい。

「ああ……うん、一段落ついたよ。ありがとう」

『……どうかした？ 何か声震えてない？』

「……いや、ちょっと寒くて」

『そっか、岐阜はだいぶ雪降ってるみたいだもんね。こっちもちらついてるよ。暖かくしてね』

「うん、分かってる」

そう答えてから少し間が空いた。悠人の視線はその間も床に散らばった封筒の上をさまよっていた。全部で十通くらい。

『琴葉さんのことなんだけどさ』

遙香がそう切り出してきて、悠人は「えっ？」と驚きの声を上げた。

「いや、何でもない。夏目が、どうかしたか」
『どうかした？』
『最近連絡取ってる？』
「いや取ってない。何かあったのか？　まさか、容態が――」
『え？　あっ、違う違う！　そういうんじゃないから！　聞いただけ！　そんな心配なら
お見舞いとまでいかなくても、メッセージくらい送ればいいのに』
「……あと二ヵ月したら本が出る。そしたら見舞いに行く」
『分かったよ、もう、頑固なんだから』
「それで、要件は？　受験を労《ねぎら》うためだけに電話してきたわけじゃないんだろ？」
『あ、うん。あのね、年末に大掃除してたら、お兄ちゃんが中学生のときの読書感想文集
とかが出てきたの。お父さんが、お兄ちゃんに送るか聞いといてくれって』
「なんだ、そんなことか。まあそっちに置いとくのも悪いし、送ってもらおうかな」
『分かった。……ところでなんだけどさ、琴葉さんがお兄ちゃんを見つけたのも、読書感
想文集を見てって、話だったよね？』
「え？　あ、ああ、そうだよ。それがどうしたんだよ」
『今更なんだけどさ、琴葉さんって、どうして小説を作るタッグを組む作家さんを学校で
探したんだろうね』

『今時、ネットとかSNSとか、それこそ小説の投稿サイトとか、いろいろあるじゃん』

「え？　どうしてって……」

「あ……」

遙香の言うとおりだった。将来、編集者になるための準備や練習をするというのであれば学校という場もいいだろう。だが、琴葉はきっと自分に残された時間が決して多くないだろうことを知っていた。そんな彼女が文才がある者がいるかも分からない学校という限られた場で、のんびりと作家探しなどするだろうか。

彼女にとって時間は貴重だったはずだ。だとしたら、もっと確実に多くの候補の中から才能のある作家を選ぶのではないか。読書感想文集から探すなど、あまりに非効率的だ。

『もっと言うとさ、琴葉さんって、どうしてわざわざ地元を離れて岐阜の高校を選んだんだろ？　学校で作家候補を見付けるにしても、もっと都会の学校を選ぶような気がするんだけど……』

「それは……」

何かがおかしい、と悠人の理性が言っている。

だが、先ほどファンレターを見たときの混乱からまだ立ち直っておらず、まともな思考ができなかった。

だから、悠人の疑問に決定的な答えを与えたのは、遙香だった。

『もしかしたら琴葉さん、冬月春彦が岐阜の高校にいることを最初から知ってたんじゃないかな』

「僕が、いることを……？」

悠人は呆然と呟いた。あまりに予想外のことに混乱は極みに達したが、それでも遥香の推測の妥当性は分かる。分かる、が。

『でも、だとしたらどうやって知ったんだろうね？　ネットに書き込まれてたとか？』

それはたぶん、違う。もしそんな情報がネットに上がっていたら、もっと別の、例えば学校へのいたずらメールや、不躾《ぶしつけ》な週刊誌の訪問といった問題が起きていただろう。

『それとも本当に偶然だったのかな。お兄ちゃんが冬月春彦だってことや、その通ってる学校まで知ってる人なんて、私とお父さん以外にいないもんね』

遥香の言葉を聞きながら、少しずつ思考がまとまってくる。

『ごめん、変なこと言っちゃった。お兄ちゃん、今のは忘れて――』

「一人だけ、いる」

『え？』

「一人だけ、いるんだ。僕の正体と、通っている学校を知っている人」

『それって……』

「稲村さんだ。編集者の」

悠人は息を吐く。

思考は整理されて、はっきりとしていた。

まさかという驚きより、今となっては、やはりという思いが大きい。

『お兄ちゃん？』

「実は、何ヵ月か前に稲村さんがファンレターを転送してくれたんだ。さっきそれを開封した」

悠人は床に散らばる封筒を手に取り、テーブルに並べた。

そのどれもが同じ筆跡で、差出人の名も同じだった。消印は四年前から、一年ほど前のものまであった。

「全部、夏目からだった」

スピーカー越しに遙香の息を呑む様子が伝わってくる。

琴葉と悠人の出会い、そして稲村からのファンレターの転送――その二つがたまたま同じ時期に重なったということは考えにくい。そこにはたぶん作為がある。

「いや、開けたところでちょうど遥香から電話かかってきて……」

『よ、読んでみた？』

『早く読んであげて！』

「遥香？」

突然の切迫した声に悠人は驚いた。

『あ……ごめん。でも、でもさ……何か、他人事《ひとごと》だと思えなくて……。とにかく、早く読んであげて。きっと、お兄ちゃんにとって大切なことが書いてあると思うから』

「遥香……」

『じゃあ、とりあえず切るね。あとで色々教えてね』

「分かった」

そうして通話は終わった。

悠人はテーブルの前に姿勢を正して座り直す。

目の前には琴葉からの手紙が並んでいる。

昨日の試験よりも緊張していることに気付いて、悠人は深呼吸をした。

いつの間にか滲《にじ》んでいた手の汗を服で拭って、いちばん古い日付の封筒から数枚の便箋を取り出す。犬のイラストがワンポイントで入った可愛《かわい》らしい便箋に、今の琴葉の文字よりも幾分か丸い文字が認《したた》められていた。

『冬月春彦先生へ』

◆

稲村果穂《かほ》は、あの日の判断が正しかったのか、今でも分からずにいた。見舞いの菓子を片手に、東京にある大学病院の一室のドアの前でいたたまれない気持ちのまま佇《たたず》んでいるのは、あのときの迷いが今も尾を引いているせいだろう。

廊下から見える東京のビル群は夕日に赤く照らされていた。

稲村は意を決して病室のドアを叩いた。少し間が空いて「どうぞ」という女の子の声が聞こえる。

ドアを開けると、ベッドで上半身を起こした女の子がこちらを見ていた。

こちらの姿を認めた瞬間に、彼女の瞳に羨望と嫉妬の入り交じった色が見えたような気がした。稲村は一瞬臆したが、それを押し隠して病室に入った。

「久しぶりね、夏目琴葉さん」

「はい、お久しぶりです。稲村さん」

「これ、お見舞いよ」

「ありがとうございます」

稲村は会社の近くで買ってきた菓子を手渡した。それを受け取る琴葉の震える手を見て、そしてベッドサイドに置かれた車椅子の意味に気付いて、稲村は小さく息を呑んだ。

夏目琴葉に直接会うのはおよそ一年ぶりだった。

忘れもしない——雪の降る日に、中学校の制服にコートを羽織って、決然とした表情で、彼女は出版社の前に立っていた。

あの日以来、彼女と自分は共犯者だ。

「先輩はどうですか？」

稲村が椅子に座ると同時に琴葉はそう聞いてきた。

その質問に稲村は「へえ」と含みのある感じで返した。

「……なんですか？」

「『冬月先生は』でもなく『原稿は』でもなく、『先輩は』なんだと思って」

琴葉は顔をしかめた。

「どれでも大して変わりません」

「全部、全然違うわよ。分かってるくせに」

「小説の読み過ぎですよ」

その返しに稲村は笑った。なかなか皮肉が利いている。

「それで、どうですか？」

「順調よ。この上なく」

何ヵ月か前に琴葉から連絡が来た。体調が悪くなって転院するから、もう冬月先生の近くにはいられなくなるというものだった。いずれ悠人から稲村に原稿が送られてくるであろうということも、そのとき伝え聞いた。おかげで実際に原稿が送られてきたとき、前もってスケジュールを調整しておけたので最大限の対応ができた。もちろん、原稿の出来が破格で、編集部を説得できたというのが最も大きいが。

「驚いたわ。あの劇の脚本が、ここまで化けるとは思わなかった」

「当然です。冬月先生ですよ」

琴葉は満足げに笑みを浮かべたが、それを見た稲村は、

「違うわ」

ときっぱり否定した。

「あなたが、そうさせたのよ。彼にきっかけをあげて、彼を導いたのはあなた。彼の世界を広げたのは、間違いなくあなたよ。あなたは、誰よりも編集者に向いていると思うわ」

琴葉は驚いたような表情で、黙って稲村の顔を見つめていた。

一年前、琴葉と出会ったときのことを思い出す。

『稲村さんですよね』

彼女は寒空の下、出版社の前で数時間にわたって稲村を待ち伏せていた。後から聞いた

ところによると、冬月春彦の授賞式の写真やら記事やらから稲村のことを知ったらしい。一方の稲村は彼女のことを初めて見るのだから、何が何だか分からなかった。けれど、『夏目琴葉と言います』

その名前を聞いたとき、ああ、ついに来たか、と思った。

稲村は彼女の名前を知っていた。

彼女の熱心なファンレターがとても印象に残っていたのだ。

自分の感じたことを巧みに言葉にし、物語の面白さを的確に分析する少女。最初のうちは、中学生にしてはかなり早熟な子だと思っていた。けれど何通目かの手紙が送られてきたとき、その早熟さの理由を知って遣《や》る瀬《せ》ない思いになった。

『教えてください。冬月先生に何があったんですか？　どうして、ずっと本を出していないんですか？』

それは教えられない——そう答えた稲村を、琴葉はきっと睨《にら》み付《つ》けてきた。

『稲村さんにできないなら、わたしがやります。やらせてください』

その言葉の意味を理解するのには少し時間がかかった。

冬月春彦に小説を書かせることができないなら、自分が書かせてみせる——琴葉がそう言っているのだと気付いて、頭に血が上った。ばかにしないでと言ってその場を去ろうとして、しかし足が動かなかった。

共感があった。夏目琴葉という一回り以上年下の女の子が、どんな思いでここにやってきたのか、どれほど切実な願いを持っているのか、稲村は彼女の手紙を読んで知っていた。同じく冬月春彦の小説に魅了された者として、それをないがしろにできなかった。

打算もあった。編集者の自分がどれほど説得しても、冬月春彦は再び創作に向き合おうとはしなかった。琴葉がどんな方法でそれを成し遂げようとしているのかは分からなかったが、それでも彼女なら——そんな予感があった。

もちろん、罪悪感もあった。琴葉の提案を受け入れるということは、同世代の子たちと比べて圧倒的に残り少ない彼女の時間を火に焼《く》べることだと理解していたから。さらには、担当作家の個人情報を無断で漏らすことが編集者として許されないことだと分かっていたから。

（それでも結局、私は彼女に協力するという道を選んでしまった）

冬月春彦が三年ほど前にとある事件で心に傷を負ったこと、今は岐阜の広見《ひろみ》高校という学校に通っていることを最初に説明した。琴葉はたったそれだけの情報を聞くと、詳しく話そうとする稲村を止めた。

『居場所さえ分かれば、あとは、自分で会って聞きます』

冬月春彦を傷つけた事件の詳細も、彼の本名すらも聞こうとはしなかった。

効率よく事を進めるなら全てを知っておいた方がよいのではないか——稲村が問うと、

琴葉は首を振った。

『それは冬月先生にも、稲村さんにも申し訳ありませんから』

当時名古屋に住んでいた琴葉は急いで岐阜の町へ越して、稲村の教えた高校へ入学した。親も病気を抱えた娘のやりたいようにさせてやろうという思いから、反対はしなかったらしい。

そして琴葉は、周到に演劇部との伝手《つて》を作り、悠人を探し当て、脚本を書かせ、ついには小説まで書かせた。

結局、彼女は知らない町で、知らない人々の中で、病気の身体を抱えながら、ほとんど独力で成し遂げてしまった。

その仕事は誰かが労《ねぎら》わなければいけない。それはきっと同業者で共犯者たる自分の役目だろうと稲村は思っていた。

「胸を張りなさい。あなたは冬月春彦の担当編集として、私も、他の編集者もできなかった仕事をした」

稲村はそれから琴葉の両肩に手を置いて、はっきりと伝えた。

「三月末、刊行よ」

呆《ほう》けていた琴葉は、その言葉の意味を理解するのに少し時間を要した。

冬月春彦の新作が出版される。

その実感がゆっくりと琴葉の身体を包み込んでいく様子が見えるようだった。

彼女は神にでも祈るかのように、両手を胸の前に組んで目をつむった。

閉じた目からは涙が零れ、頬を伝い落ちていく。

「ありがとう、ございます……」

くぐもった涙声で琴葉は答え、稲村はその背中をさすってやった。

「まだカバーデザインの校了とか、販促の手配とか、刊行までにやらなきゃいけないことはあるんだけど。まあ、本文の再校はほとんど直しもないだろうから、まず遅れることはないわ」

「よかったです……。必ず刊行お願いしますね。それまではわたし、意地でも生きてますから」

その言葉に何と返してよいのか分からず稲村が困っていると、琴葉は顔を上げてにやりと笑った。琴葉の言葉がジョークだと気付いて、しばし唖然《あぜん》としてから肩を落とした。

「ユーモアがブラック過ぎるでしょ……」

「ふふ、すみません。稲村さんにプレッシャーかけとこうと思って」

「笑えないわねえ……。でも、その気持ちは分かるわ」

稲村は頬を引きつらせて苦笑した。プレッシャーをかけられるまでもなく、刊行まではたとえ血反吐《ちへど》を吐いてもやりきるつもりだった。

そしてその後は身を引こうと稲村は思っていた。担当を降りるか、あるいは編集者を辞めるか。担当作家に対して守るべき信義に背き、さらには一人の少女が命を消費するのに手を貸したことへのせめてもの償いとしてできることは、そう多くはない。

「だめですよ」

まるで全て見通したかのような琴葉の言葉が稲村の耳を打つ。

「稲村さんは、全部呑み込んで、冬月春彦という作家を支えてください」

笑顔で言う琴葉からは凄《すご》みすら感じられて、稲村は深くため息を吐いた。

「……すごい呪いね」

「どちらかというと祝福のつもりですけど」

どうも冗談ではないらしいというのを感じて、稲村はまた頬を引きつらせて笑った。

「わたしのこと、黙っていてくれてありがとうございます」

「……約束だからね。あなたのことは、彼には言わないって。でも、最初に言ったとおり、あなたの手紙は転送させてもらったわよ」

それは琴葉と出会ったときに稲村が出した条件だった。

できれば悠人には全てを知った上で琴葉との創作に挑んで欲しかった。そうした方がより良いものができるだろうと思ったし、琴葉の事情を考慮すればなおさらだった。けれど、悠人が琴葉の事情に向き合って、さらに創作に挑めるほどに精神的に回復しているか、稲村には分からなかった。

結局、稲村は苦肉の策として琴葉のファンレターを転送するという手立てを取った。もし転送されたファンレターを読むことができるのであれば、それは相応に回復しているということだし、同時に琴葉の事情も伝わる。一方、もし読むことができないのであれば、琴葉の事情は隠したまま事を進めるしかない。

「……はい。でも、出会ってからずっと何も言われませんでしたから、きっと先輩は読んでませんよ。それどころか、包みすら開けずに適当なところにしまい込んでますよ、たぶん。もし読まれてたら恥ずかしくて死にます」

稲村は苦笑しつつ頷いた。

当時の悠人はとてもファンレターを読む精神状態にはなかったのだろう。今はもう違うかもしれないけれど。

「著者校、読む?」

稲村が問うと、琴葉は首を振った。

「本になるのを待つって、先輩と約束したので」

そのとき、ベッドサイドに置かれた琴葉のスマートフォンが短く振動してメッセージの着信を告げた。

「どうぞ」と稲村は確認を促す。琴葉は小さく頷いてメッセージを読むと、その頰を嬉しそうに緩めた。

「岐阜の学校の演劇部の友達でした。明日、お見舞いに来るって」

「そう、よかったわね」

琴葉の見せた年相応の笑顔に、稲村は胸を締め付けられる。

彼女に少しでも長く時間が与えられるように、心の底から祈った。

◆

悠人が包みを開けてから十数時間が経った。

手紙を夜通し何度も繰り返し読み耽《ふけ》り、気付けば朝を通り越して昼前になっていた。そして今は、十通の手紙をテーブルに置いて呆然《ほうぜん》としていた。

部屋に雪の降る深い静けさが積もっていく。

十通の手紙には琴葉の数年間が凝縮されていた。

物語を愛し、死に至る病に突き動かされるように、編集者という目標に向かって努力する琴葉の姿が。

それは悠人の想像とよく合致していた——たった一つ、ある違いを除いて。

「どうして……」

傍《はた》から見れば小さな違いだっただろう。

しかし、それは悠人にとってはあまりに大きな違いだった。

そのとき、スマートフォンのバイブレーションが静けさを引き裂いた。

びくりと身じろぎした。

通知画面を見ると、そこには意外な人の名前が表示されていた。

電話に出るか少しだけ迷ってから、通話ボタンを押す。

ひどく嫌な予感がした。

「はい」

「あ、柊君⁉　樋川だけど！」

異様に切羽詰まった声に、身体が強張《こわば》る。そして、

「琴葉ちゃんが……！」

樋川翔子の発した言葉に、悠人は息を呑んだ。

「夏目が……どうした……？」

声は震えていた。

悪い予感が現実になろうとしていることを悟る。

「私、東京に用があって、だからお見舞いに来て、でも、そしたら琴葉ちゃんが……！」

普段は冷静な樋川がひどく慌てていた。話も要領を得ず、もどかしい。ただ不安と怖《おそ》れ

だけがまるで氷水のように冷たく身体に満ちていく。

「柊か？」

不意に通話口から聞こえる声が変化した。低く落ち着いた男性の声。

「部長……？」

「そうだ」

演劇部部長の渡辺は、短く肯定すると言葉を続けた。落ち着いてはいるものの、一秒の時間も惜しいという空気が伝わってくる。

「俺たちは用事で東京に来てたんだ。空き時間に落ち合って、夏目さんの病院に見舞いに来た。だけど面会前に、容態が急変して倒れたんだ。そのあと、何とか持ち直したみたいだけど、まだ意識が戻ってなくて……」

渡辺は一息にそれだけ説明して、呼吸を落ち着ける。

「……だいぶ状態が悪いらしい。ここから意識が戻ったとしても、数日以内に手術を受けないと命に関わるって……お母さんから聞いた」

「早く来て、柊君……！」

渡辺の声に、樋川の絞り出すような声が重なる。悠人は唇を嚙《か》みしめた。

「すぐ出る」

悠人は通話を切り、部屋着にコートを羽織ると、財布と自転車の鍵だけを持って部屋を飛び出した。

途端に、全身を刺すような冷気に襲われる。

外は穏やかに、しかし視界を白く埋め尽くすほどに、昨日から続く雪が降っていた。

遠い山は完全に白い煙幕に覆われ、アスファルトの上には雪が積もっている。

けれど、そんなことには構っていられなかった。

自転車に跨《また》がり、十分ほど先にある駅へ向けて漕《こ》ぎ始める。

凍り付いたチェーンが抗議するように軋《きし》むのも構わず、力の限りペダルを踏んだ。

露出している顔や手に粉雪が激しくぶつかり、裂くような痛みが走る。雪と言うより、それはもはや氷のつぶてだった。

さらに雪は目や鼻に無遠慮に入ってくる。

「くそ……」

痛みは無視し、顔を伏せて視界と呼吸を確保して走り続けた。

ほとんど車が走っていないことが不幸中の幸いだった。

「くそっ……！」

頭の中に繰り返し読んだ琴葉の手紙のことが浮かぶ。

彼女の声を伴って悠人の脳裏に響くように。

『はじめまして、夏目琴葉と申します。』

　それが、一番最初の手紙だった。

『先生の「青い月の花畑」を拝読して、お手紙を書きました。こうやって小説家の方にお手紙を出すのは初めてで、変なところがあったらすみません。最初に謝ります！　実は先生の小説は、少し前に母に勧められて、でもしばらく読みませんでした。先生がこの小説を書いたのが中学生のときだと知って、正直に言えば、大したことないだろうと思っていたのです。侮っていました。』

　幼さと早熟さの混じったアンバランスな言葉遣いの中に、琴葉らしい率直さが漏れ出ていた。当時、彼女は中学二年生くらいだったろう。

『でも、それは間違いでした。もっと早く読めばよかったと後悔したくらいです。だって、私は先生の小説にすごく感動してしまったんです。こんなに泣いて、笑ったのは初めてです。うまく感想を表現できなくて、もどかしいです。』

　それから気に入ったシーン、好きなキャラクター、心打たれた一文——一字一句を漏らさずに心に刻みつけているのではないかと思えるほどに、琴葉の熱の籠もった感想が語られた。

　だが、その熱の根底にあったものを想像すると胸が締め付けられる。

　吹雪の吹き付ける手指や耳たぶよりも、心こそが耐え難いほどに痛かった。

　当時の彼女はすでに自分の病のことを知っていたはずなのだ。

『今度は「ひまわりの日時計」と「君と渡る言の葉の橋」を読んだので、またお手紙を書きました。どちらの作品もとても素晴らしくて——』

それからも琴葉の手紙は続いた。熱烈な感想と称賛を、何枚もの便箋にびっしりと書き込んだ分厚いファンレターが、何通も送られてきていた。封筒の消印は一、二ヵ月おきだった。

膨大な読書量に支えられた琴葉の読解力は、ときとして作者である悠人すらはっとさせた。悠人が自分でも意識していなかった物語の綾《あや》を、中学生の彼女は読み解き、巧みに言語化していた。

けれど、そんな琴葉のファンレターも一年が経った頃に少し雰囲気が変わった。

理由は単純だ。

夏目琴葉は、一年で冬月春彦の全作品を読み尽くしてしまったのだ。

だから、彼女の手紙に綴《つづ》られるのはこれまでに読んだ作品の感想だった。彼女はすでに読んだ作品を何度も何度も繰り返し読み、そこから新しく得た発見を手紙に綴って送ってくれていた。

そのどれもが、これまでの感想よりもさらに一段階深く物語と向き合ったものだと、悠人には分かった。

登場人物たちの台詞《せりふ》の一言一句に耳を傾け、仕草一つに目を向け、彼らの内面にどこまでも想いを馳《は》せて、琴葉は物語の世界にその身を投影するかのように読んだのだろう。まるで彼女自身が自分の足で悠人が文章で描いた世界を歩き、その肉体で物語を経験してきたような、そんな情感がファンレターには綴られていた。

「ばかだろ……」

悠人は乱れた呼吸の中でそう呟かずにはいられなかった。

雪礫《ゆきつぶて》が容赦なく口の中に入ってくる。

顔に雪が張り付き、涙と洟が凍《い》てつく。

凍り付いた自転車のペダルを踏みしめて、ぎしぎしという軋みが世界を覆う雪に吸い込まれていく。

最初は理解できなかった。

琴葉に残された時間は多くはなく、そのことを彼女も知っていたはずだ。

『また先生の新作が読めるのを、楽しみに待っています。』

だというのに、彼女は冬月春彦の既読の作品を読み返した。

そして、しつこく手紙を送った。

それが無駄だとは思わない。

けれど、どうしてだろうと思った。

「ばかだろ……っ！」

叫んだ拍子に吹雪で冷え切った唇は簡単に裂けて、血の味が口内に広がる。

それでももう一度叫ぶ。叫ばずにはいられなかった。

『冬月先生へ
いかがお過ごしでしょうか。今日は先生にお礼を伝えたくて、この手紙を書きました。

だから今回は感想はありません。すみません。』

それは琴葉から送られてきた最後の手紙だった。

今から一年と少し前。

十通目のファンレター。

『先生にはとても感謝していて、でもそのことをきちんと伝えるには、どうしてもわたし自身のことを書かなくてはいけないと思ったので、書きます。できれば、重い女だなんて思わないでください。』

『わたしは、何年も前から脳の病気を患っています。』

『わたしの周りから友達は消えて、父と母も仲違《なかたが》いをして、離婚してしまいました。』

『現実を忘れるために、大好きな本ばかり読んできました。』

『わたしにとって、本は大嫌いな現実から逃げ出すための道具だったんです。』

『でも、現実逃避も限界に近づいて、』

『もう死んでしまおうかな、なんて思っていたときでした。』

『冬月先生の小説に出会ったのは、そんなどうしようもないときでした。』

『先生の物語は、傷ついていたわたしに、優しく寄り添ってくれました。』

『夜の底にいたわたしに、明るく照らされた世界の彩りを見せてくれました。』

『死んでしまいたかったわたしに、生きる力をくれました。』

『全てを諦めて俯いていたわたしに、もう一度前を向く希望を与えてくれたのは、先生の物語だけでした。』

『だから、ありがとうございます。』

『わたしに未来へ踏み出す勇気をくれて、ありがとうございます。』

『わたしは今、目標に向かって頑張っています。』

『わたしは小説の編集者になりたいと考えています。』

『いつか、わたしを救ってくれた物語を、この世界の誰かに届けたいと思っています。』

『いつか、冬月先生の担当編集になりたい。それが今の目標です。』

『先生の新作を、読めるのを楽しみにしています。』

『そして、図々《ずうずう》しいかもしれないですが、先生と一緒に、新作を創るのを楽しみにしています。』

『だから、どうか。』

『だから、どうか、書くのを止めないでください。』

違ったのだ。

悠人はずっと思い違いをしていた。

夏目琴葉は小説が好きで、だから編集者になりたいのだと、そう思っていた。

けれど、そうではなかった。

彼女は悠人の小説に救われて、だから悠人の編集者になりたかったのだ。

未来の保証されない彼女が、その貴重な時間を賭けるのは他の誰でもない——冬月春彦でなくてはならなかったのだ。

きっと当時中学生だった彼女は持ち前の行動力で稲村を探し、恐らくはファンレターを通じて琴葉の存在を知っていた稲村の協力を強引に取り付け、悠人の居場所を知った。

見知らぬ土地へ越して、悠人を捜し出した。

必死の思いで、悠人を創作の道へ引き戻した。

どれも手段を選ばない強引さで。

けれど、そんなものあたりまえだ。

彼女はいつ途切れるかも知れない自分の人生を差し出していたのだから。

きっと、できる全てのことをしようと、そう思っていたに違いない。

「ばかだろ……っ！」

どうして筆を折った作家なんかに入れ込むのか。

どうして貴重な命をうまくいくかも分からないことに費やすのか。

どうして、どうして——

「僕なんだ……っ！」

後悔が渦巻く。

ばかという言葉は山彦《やまびこ》のように自分に跳ね返ってくる。

ヒントはいくつもあったはずだ。

もっと早く彼女の真意に気付けたのではないか。

そうすれば、彼女の病状がここまで悪化することはなかったのではないか。

脚本作りで彼女が体調を崩したときに、もっと言い含めておけば。

稲村が送ってくれたファンレターをすぐに読んでいれば。

いや、そもそも書くのを止めていなければ、こんなふうに琴葉が命を懸ける必要はなかった。

そして、彼女と出会うこともなかっただろう。

冬月春彦の新作を読んで満足げに微笑み、手紙を綴る琴葉の姿が脳裏に浮かぶ——悠人のことを知らない、空想の中の琴葉。

がしゃんという激しい音とともに自転車の後輪が跳ね上がる。

雪の下に隠れていた歩道のブロックにぶつかったのだ。

悠人はそのまま前に放り出されて雪の上に落ちた。

強《したた》かに背中を打って、息が詰まる。

ごほ、と咳《せ》き込《こ》んで、遅れて背中の痛みがやってくる。

雪の冷たさが蝕《むしば》むように全身を上ってくる。

「くそ……」

灰色の空から、無数の雪の結晶が舞い落ちてくる。

凍てつくような静寂の世界。

「僕は、あいつに、何もしてやれないのか……？」

一緒に脚本を作り、それを土台に小説を書いた。

しかし、それは琴葉が必死で悠人を掬《すく》い上《あ》げてくれた結果だ。

悠人は一方的に琴葉から受け取っている。

彼女の命を代償に、創作の道に戻ったようなものだ。

「早く……行かなくちゃ……」

だからせめて、彼女が苦しんでいるときくらい、彼女のそばに――

そう思って、悠人は痛む身体を起こした。

そのとき、夏の暑い風が強く吹いたような気がした。


『書いてください。あなたの、小説を』


上級生の教室に現れて、突然そう告げた、あのときの琴葉の姿が見えた。

「分かってる。全力で書いた」

君に貰《もら》ったものを全部注ぎ込んで、最高の一作を書き上げた。

「すぐ本になる。あと二ヵ月なんだ」

吹雪の中で、真夏に佇む琴葉が微笑んでいる。

「なのに、どうして――」

琴葉が転院していくとき、本が完成するまでは会わないと約束したのに。

最高の小説を届けると、そう言ったのに。

それで彼女の心を変えてやると、宣言したのに。

だというのに、小説の発売は二ヵ月後で、琴葉に残された時間はたった数日。

全然間に合わない。

もっと早く自分に才能があれば。

もっと早く原稿を仕上げていれば。

だが、何を悔やんでももう遅い。そして、意味がない。

今は彼女のそばで意識が戻るのを信じて待ち、そして手術を受けるよう説得する。

今できることはそれしかない。

けれど、自分の説得の言葉は、果たして琴葉に届くのだろうか。

本を届けるという約束を破ることになるのだ。ただの本ではない。彼女が命懸けで作ろうとした、何より待ち望んだ一冊の本だ。

しかしその本を渡したくても、それは益体もない、ただの無い物ねだりで——

「……本当に、そうか？」

思考がぐるぐる回り始めそうになったとき、悠人は不意に自問した。

琴葉は目標のために、手段も選ばずがむしゃらに全身全霊を捧《ささ》げていた。

自分は、どうだ。

本当に、やれることは全部やったのか？

あらゆる手を尽くしたのか？

「最高の小説は、原稿はできてる……」

呟くように言う。

「あとは、本のかたちにさえなれば……」

空回っていた歯車が、かちりとかみ合ったような気がした。

気付けば琴葉の幻影は消えていた。

ポケットからスマホを取り出して、通話履歴から迷わずその人の名前を選んだ。

『はい、稲村です』

「冬月です」悠人は筆名を名乗る。「ちょっと、いいですか」

『ええ、大丈夫よ、どうかした？』

「さっき、ファンレター、読みました」

深い沈黙が流れる。ノイズが、ときどきふつふつとスピーカーを鳴らす。

やがて稲村がため息とともに言葉を発した。

『……ごめんなさい。私は編集者として、人として、してはいけないことをしたと思っているわ。でも、どうか今回の本が出るまでは続けさせて欲しい。その後は、どんな償いでもするつもりよ』

「……その償い、今からしてもらってもいいですか？」

悠人に稲村を責めるつもりはなかった。

彼女は琴葉の意志を尊重しただけだ。作家の個人情報を教えるという職業倫理に悖《もと》る行為はあったかもしれないが、そんなことは悠人としてはどうだってよかった。

ただ、自分がこれからやろうとしていることが通るのであれば、稲村の弱みを利用することも躊躇《ちゅうちょ》しない。それだけのことだ。

『え？』

稲村の困惑した声が伝わってくる。

そんな稲村に対して悠人は言った。

「出版、前倒ししてもらえませんか」

『……え？　……は？』稲村の動揺がスピーカー越しに伝わってくる。『……出版を、前倒しって言った？』

「はい。遅くとも、明日までに。できれば数時間以内に」

『えっ……え？　む、むむむむ、無理無理無理無理無理無理無理っ！　三月末に刊行のスケジュールよ⁉　それを明日って！　いくらなんでも不可能よ！』

慌てふためく稲村を気の毒に思いながら、悠人は続ける。

「発売日は前倒ししなくても構いません。前倒しして欲しいのは、見本の製作スケジュールです」

『見本を……？』

見本とは書店に流通する前に、著者や関係者に送る本のことだ。

「何部も刷るのが難しいなら、一冊でも構いません。とにかくどうしても一冊、完成した本が欲しいんです」

『……理由を聞いてもいいかしら？』

悠人のただならぬ様子を感じたのだろう、稲村は恐る恐るといった口調でそう問うた。

「僕は、夏目と約束したんです。完成した小説が本の形になるまで会わないって。僕の小説であいつの考えを変えて、手術を受けさせるって」

『夏目さんと約束……って、じゃあ、まさか、今すぐ見本が欲しいのは……』

「はい。夏目が倒れました。あと数日も保《も》たないかもしれないそうです。すぐ手術が必要な状況で、でもあいつはきっと手術を受けないし、本が未完成の状態で行ったら会うことすら拒むかもしれない。だけど正式な刊行なんて到底間に合わないから、見本で乗り切るしかないんです」

がたん、と電話の向こうで椅子か何かが倒れる音がした。

『どうしてそれを早く言わないの⁉　冬月先生、今どこにいるの？』

「これから東京に向かいます。たぶん、三時間くらいでそっちに着くと思います」

『……状況は、分かったわ』

稲村の声が震える。

『でも、たとえ一冊でも、明日までに本を作るのは現実的に考えて厳しいと思うわ。いちばん肝心の印刷所のスケジュールを押さえてないから。いちおう聞いてはみるけど……』

印刷所では常に印刷機が使われているし、そもそも刷ろうにもまだ版も作っていない。

「僕を印刷所の人に会わせてください」

『は……？』

「僕が頼み込みます。土下座だって何だって、できることは何だってしてします」

『冬月先生……』

「お願いします。頼りにできるのは、稲村さんしかいないんです」

長い沈黙。

やがて稲村がゆっくりとため息を吐いた。

『……分かったわ。一緒に行きましょう。聞き入れてもらえるか分からないけど、何とか一冊でいいから本を作ってもらえるように頼み込みましょう』

「稲村さん！」

『ただし、土下座するのは私だけ。作家さんに、それも高校生に、そんなことさせるわけにはいかない。これは絶対に譲れない。いい？』

「でも……」

『冬月先生には、前倒ししなくちゃならない理由を話してもらいたい。できる？』

つまりそれは、出版関係者とはいえ全くの他人に、悠人と琴葉の事情を赤裸々に語るということだ。

『相手も人間だからね。あなたたちの状況と想いを知れば、協力する気にさせやすい。要するに泣き落としよ。もちろん、話せないのであれば私が必死で頼み込むけど……』

それでは説得力には欠けるだろう。

迷う必要もない、と悠人は思う。

「問題ありません」

少しでも可能性を上げられるのであれば、そのくらいのことくらいでもしてやる。

『……ありがとう。冬月先生の覚悟、分かったわ。一緒に足掻《あが》いてみましょう。それじゃあ、冬月先生、東京で待ってるから』

「はい、急いで向かいます」

通話を切って、倒れた自転車を起こす。

ホイールが少し歪んでいたが、構わず漕ぎ始める。

雪の降り積もった道を、駅へと向かう。

たった一人、大切な人に、小説を届けるために。

◆

ベッドの上で身体を起こした琴葉は何をするでもなく、ただぼうっと外を眺めていた。

病室からは道路を挟んだ向こうにある大学のキャンパスが見える。

今日はたぶん入試なのだろう。雪がちらつく中、緊張した面持ちで寒そうに歩いている高校生の姿があった。

それはもはや絶対に自分には手の届かない場所。

琴葉は深く嘆息する。

体力を使い果たしていた。

精神的にもかなり参っている。

「う、ぐっ……」

ずきりと頭が痛み、思わずうめき声を漏らす。東京に転院してしばらくしてからずっと鈍痛があったが、今は鋭い痛みが前触れもなく襲ってくる。

昨日、琴葉は意識を失って倒れた。

病状が悪化したせいだ。

それから意識不明の状態が続き、危ういところで意識を取り戻したのが未明のこと。

心配する母親の言葉も駆けつけた医者の問いかけも聞かず、まず枕元にあった冬月春彦の小説を手に取った。

それは楽しみのためではなく、自分がまだ文字を読めるかという確認のため。

恐怖で手が震えた。

あと二ヵ月弱で柊悠人と一緒に創り上げた小説が出版される。

それまではどうか、わたしから言葉を――物語を読む力を奪わないでください。

それが終わったら、もう命なんていらないから。

そんなふうに願った。

だから、冒頭の一文がきちんと理解できたときには涙が零れ落ちた。

けれど、限界が近いことは、そのあと知らされた。

「発売日までは、保たないのかな……」

体力的にも精神的にも追い詰められて、そんな言葉が零れてしまう。

医者からは数日以内に手術を受けなければ、命を落としかねない危険な状態だと言われた。

しかし、手術を受ければほぼ間違いなく言語障害が残る。

どちらにしても高校、大学と卒業して編集者になる未来は、もう叶えられないだろう。

それならば、ほんの僅かな希望――手術を受けず、冬月春彦の新作の刊行まで生きられるという奇跡に賭けよう。

悠人と一緒に創り上げた物語の集大成を手にしたとき、そこに綴られた一字一句の煌《きら》めきを感じ取ることができなくなっていたら、それこそ生きている意味がない。

自分にはもうずっと、彼の物語しかないのだ。

そのために魂と命を焼べて生きてきたのだ。

最後の最後でそれをすべて駄目にしてしまうことなんてできない。

骨を焼き尽くすまで、進むしかないんだ。

「でも、もし、間に合ったら……？」

奇跡的に本の発売まで生きられて、願いどおりに冬月春彦の新作を読むことができたとして。

その先は？

自分は、手術を受けるのだろうか？

ほぼ間違いなく、言葉を失うリスクを負って。

その自問に、琴葉は「ああ」と声を漏らした。

気付いたのだ。やはり、その先はないのだと。

確信にも似た諦めの気持ちが、冷たい水のように心に満ちていく。

言葉を失うということは、編集者になる夢を断たれることだ。

だけど、それだけじゃない。

本当は自分は弱い。

かつて、病気が分かってしばらく経った頃に死にたいと願った。

そんな気持ちを救ってくれたのが物語だった。

そして、その物語が今の自分を作り、支えてくれた。

自分にとって、物語は根幹なのだ。生きる力なのだ。

それを自分から奪ったら、何も残らない。

きっと自分は、言葉を失ったとき、目の前に横たわる絶望に耐えられないだろう。

絶望から自分を救ってくれるはずの物語は、もうそのときの自分にはないのだから。

ひたすらに、そのことが恐ろしい。

「ごめんなさい……先輩……」

東京に転院してくる数日前に、岐阜の病院で悠人とした約束を思い出す。

小説で感動させて手術を受けさせると言う悠人は、彼にしてはずいぶん強引で、けれどその想いに打たれて琴葉は思わず彼の言葉を受け入れてしまった。

だが、その約束は果たされることはないだろう。

たぶん、悠人が想像するより自分はずっと弱いから。

でも、できればもう一度、最後に悠人と会いたかった。

彼と創作について語り合いたかった。

一年にも満たない短い時間だったけれど、悠人との創作の日々はこれまでの人生の全てを足し合わせても足りないくらいに充実していたから。

しかし、自分が倒れてから一晩が経つが、悠人は駆けつけてくれるどころか、メッセージすら寄越さなかった。

それも仕方ない、と琴葉は自分に言い聞かせる。

本が完成するまで見舞いに来ないように言ったのは自分ではないか。

あのとき、彼はもう精神的には立ち直っていた。

怪我が治ったのにいつまでも松葉杖《まつばづえ》に頼っていてはいけない。

独りで歩き、走るしか、感覚を取り戻す術《すべ》はないのだ。

いつまでも悠人の隣にいて、足枷《あしかせ》になってしまいたくはなかった。

自分を踏み台にして、作家としてずっと遠くへ進んでほしかった。

けれど――

「思ってたより、堪えるなあ……」

ぎゅっと唇を噛みしめる。心臓が締め付けられるようだった。

悠人が今この場にいないという事実は、琴葉が想像していたよりずっと濃い影を心に落としていた。いくら自分に言い聞かせても、それは変わらない。

それで思い知る。

冬月春彦という小説家ではなく、柊悠人という一人の人間に、こんなにも心惹《ひ》かれていたのだと。

好きに、なってしまっていたのだと。

病室に見舞いに来てくれない、メッセージの一つもくれない。そんな彼のことを思うだけで、心が引き裂かれそうになってしまうくらいに。

顔を見たい。

声を聞きたい。

手を握りたい。

気持ちが溢《あふ》れてしまいそうになる。

「会いたい……」

声に出してしまうと、もう駄目だった。

視界が涙で滲む。嗚咽《おえつ》が漏れる。感情が決壊して溢れ出てくる。

そのとき――

こんこん、とドアをノックする音が響いた。

琴葉ははっとなって慌てて涙を拭った。

母親だろうか。それとも、医者か看護師だろうか。

「ど、どうぞ」

上ずった声で応えると、病室のドアが開いた。

深呼吸をし、気持ちを立て直そうとして、その努力はあっという間に水泡に帰した。

現れたのが、母親でもなく、医者でも看護師でもなかったから。

そこに立っていたのが、柊悠人だったから。

「せん……ぱい……？」

「入るぞ」

そう言って悠人が入ってくる。

「え……え……？」

夢でも見ているのだろうか。

悠人が来るはずがない——そう思い込んでいた琴葉は混乱した。

「ちょ、ちょっと待ってください！」

訳が分からず布団に潜った。

どうしよう。

来るなんて思ってないから、髪は跳ねてるし、顔色だって悪いのに化粧もしてないし
——

「な、何しに来たんですか！　言いましたよね、本が完成するまでは会わないって！」

思わずそんなことを口走ってしまう。

嘘だ。たった今、会いたいと泣きべそをかいていたくせに。本当は、話したいことがたくさんあるくせに。

受験はどうでしたか。
雪が降ったけど風邪ひきませんでしたか。
そんな世間話をして、それから――
改稿はどうでしたか。
本の制作作業はもう一段落したんですか。
新作は、創り始めていますか。
どんな話か、少しだけ教えてもらえないですか。
悠人の創作に深く関わることはもうできないけれど、それでも彼とそんな話ができたら
どれほど素敵だろう。
そんなふうに思ったときだった。
「ごめん、本当はもっと早く来たかったんだ」
布団越しに、そんな声が聞こえる。
謝らせてしまった、と琴葉は悔いた。
けれど、少し嬉しかった。
早く来たかったという、その言葉が聞けただけで。
わたし、こんなにチョロかったっけ、と息を吐く。
琴葉は布団からゆっくり顔を出す。

ベッドの横に悠人が所在なげに立っていた。

その様子に琴葉はふっと笑いを漏らしてしまう。

それにつられて悠人も苦笑いを浮かべる。

「……座ってください」

琴葉は身体を起こし、椅子を勧めた。

それから悠人の顔を正面から見て、あれと感じた。

たった数ヵ月見なかっただけだというのに、精悍《せいかん》になった気がしたのだ。

別人とまでは言わないが、何年も経って大人になったような、そんな雰囲気。

「先輩、何か……雰囲気変わりました？」

「え？　ああ、稲村さんに、ちゃんとした格好してけって煩《うるさ》く言われて……」

そう言う悠人は確かにグレーのジャケットを着て、髪もワックスでまとめており、琴葉の知っている姿より何割も格好よかった。が、

「そういうことじゃないんですけど……」

外見的な何かではないように思えた。

目が離せない。だというのに直視するのも何だか恥ずかしい。

そんな不思議な感覚に琴葉は陥っていた。

出会ってからずっと翻弄するのは自分の役だったはずなのに、少し悔しい。

「そ、それより、どうしたんですか、急に」

話題を変えるために琴葉がそう訊くと、悠人の表情がすっと引き締まった。

悠人はじっと琴葉を見つめた。それから足下に置いた紙袋にゆっくり手を差し入れ、

「これを、持ってきた」

琴葉にそれを手渡した。

瞬間、全身が震えた。

身体が火照り、心臓が高鳴る。

目の前にきらきらと金色の火花が飛び散り、それはまるで輝いて見えた。

窓越しに見る細雪より、それは何百倍も、何千倍も、美しかった。

ただその一冊が現実の全ての風景から切り離されたかのように、琴葉の前に浮き上がって見えた。

「こ、こ、これって……！」

「『死神に大切なこと』の完成品だ。約束は守ったぞ」

「どうして……？　発売日は、三月って……」

琴葉は震える手で、ハードカバーの表紙を撫《な》でた。

美しい装丁だった。

星々が輝く夜明けの砂浜――そこを並んで歩く二人の男女の小さな影が描かれたイラス

トを、柔らかな書体でデザインされたタイトルが美しく飾っている。

冬月春彦という著者名もタイトルの近くに書かれており、それが何よりも琴葉を感動させた。

そこで琴葉は一つの可能性に思い至ってぱっと顔を上げた。

「こ、これって、ひょっとして見本ですか？」

「ああ、無理言って少し早めてもらった」

「少しって……普通、見本ができるのって発売の半月前とかですよね⁉」

琴葉はこの状況が信じられず、悠人と本を交互に見る。

「夏目が倒れたって聞いて、昨日の夜、印刷所に駆け込んだ。一冊だけでも、って頼み込んだんだ」

「えっ、じゃあ、昨日の夜から今朝にかけて作ったってことですか⁉」

それがどれほど無茶なことなのか、編集者を志して勉強していた琴葉には理解できる。

「まあ、そういうことになるな」

「どうしてそんな無茶を……」

「夏目に会うためだ。完成した本があれば、会いに来ていいんだろ」

「えっ……そ、それはそうですけど……」

会うためだ、などと言われて心臓が高鳴ってしまう。

「うう……先輩のくせに、いつからそんな歯の浮くような台詞を……」

「ほっとけ。それより、約束のこと、覚えてるか」

悠人の言葉に、琴葉は胸の裡《うち》に水を差されたような心持ちになった。

転院の間際に交わされた悠人との会話が脳裏に蘇《よみがえ》る。

『もし僕の小説を読んで少しでも生きたいと感じたら、手術を受けろ』

あのときも、琴葉の心臓は高鳴った。命懸けで再起させようとした作家からそんな台詞を言われて興奮しない方がおかしい。

けれど同時に、諦観してもいた。いくら冬月春彦の小説でもそれは不可能だ、と。そして、医師からの余命宣告を受けた今、その諦めはずっと濃密に心を埋め尽くしている。

「覚えています。でも――」

「いいよ、覚えてくれてるなら、それで」

悠人に真《ま》っ直《す》ぐ見つめられて、琴葉はその真摯な想いに対して何も言えなくなった。

美しい装丁の本をじっと見つめてから、意を決して視線を上げる。

「先輩、わたし、黙ってたことがあります」

言わなくてはいけない、と琴葉は思った。

稲村を唆して悠人の居場所を知り、小説を書かせるために彼に近づいたことを。

きっと悠人がこうしてここを訪れてくれたということは、そして自分がしたことについて何も言及しないということは、まだ知らないのだろう。

けれど本当のことを言わずにこの本を受け取れるほど厚顔無恥ではない。

書店で買うのではない。見本を貰うということは、その本に貢献した人間だけが得られる特別な権利だ。そのうえ、悠人は約束という名の願いをこの本に込めているのだ。

たとえ伝えた結果、嫌われたり、気味悪がられたり、怒られたりしたとしても、言わなくてはいけない。

「先輩、わたし――」

「読んでくれ」

しかし、懺悔《ざんげ》のように告げようとする琴葉の声を遮って、悠人がそう言った。

「え？　で、でも……」

「いいから。夏目は僕の担当編集だろう」

有無を言わせぬ口調で言い切ると、悠人は立ち上がった。

そしてさっと身を翻すと、琴葉が止める間もなく病室から出て行ってしまった。

「担当、編集……」

悠人が途中降板した自分をまだ編集者として思ってくれていることに嬉しさと罪悪感の

両方を感じながら、閉じられた病室のドアを見つめる。

まだ——と琴葉は思った。

まだ、彼が自分のことを編集者だと思ってくれているなら、全てを明かすのは最後の仕事を果たしてからにしよう。この罪悪感を抱えたまま、一読者としてではなく、編集者として彼の小説を読む。それが彼を騙《だま》した自分が全うすべき責任だ。

ゆっくりと、何よりも切望したその本を、琴葉は開いた。

◆

病院の待合室で悠人は床に視線を落としてじっと押し黙っていた。

脳裏には先ほど見た琴葉の姿が浮かんでいる。

転院からたった数ヵ月で頰は瘦《こ》け、手足は枝のように細く、眼窩《がんか》は落《お》ち窪《くぼ》んでいた。

それがかえって儚《はかな》い美しさを醸し出していて、悠人を堪《たま》らない気持ちにさせた。

ここに来る前に琴葉の母から話は聞いていたが、それでもこうして目の当たりにすると強く実感してしまう。

あの美しさの裏に潜む、色濃い死の影を。

不安で動悸《どうき》が激しくなる。

怖いのだ。彼女を失ってしまうことが。

彼女が意識を失ったと聞いたときに気付いてしまった。

自分にとって琴葉が、何よりもかけがえのない存在になっていることに。

だから——。

悠人は待合室にかかる時計を見上げた。

時刻は十三時半。琴葉の病室を訪れたのが十三時頃だったから三十分が経っている。

彼女が生きていてくれて——意識を取り戻してくれてよかったと思う。そして、そんな彼女に本を届けることができてよかったと心の底から思う。

昨日、悠人は電車に飛び乗った後、稲村からメールで送られてきた再校を凄まじい集中力と速度でチェックして戻した。ちょうど再校が上がっていたのと、一度目の著者校から修正がなかったのは幸いだった。そして東京に着いてすぐ、稲村と一緒に印刷所に駆け込んで頭を下げ、何とか見本を印刷から製本までしてもらうことができた。他の本の印刷が入っていない真夜中に印刷機を動かしてもらったのだ。

その作業のために何人もの印刷所の社員に泊まり込みの作業をさせることになるという、とんでもない迷惑をかけた。皆、悠人の事情を知って快く引き受けてくれたのだが、後日、きちんと謝罪と礼に行かなくてはなるまい。

しかし、おかげでスタート地点に立つことができた。

そう、琴葉に本を届けることはゴールではないのだ。

琴葉の気持ちを変えられるかは、まだ分からないのだから。

稲村は小説を最高の出来だと褒めてくれたし、悠人自身もそう思う。けれど、それは琴葉の決意を動かすほどのものだろうか。

今頃、彼女は渡した本を読んでいるだろう。琴葉の読む速度は速いが、それでもそれなりに分量のある小説を三十分で読み終えるということはないだろうし、それにたぶん彼女はあの本をじっくりと時間をかけて読み込むだろう。

不安だった。

演劇部の脚本として仕上げた物語からは大きく変容している。ヒロインたるひよりのキャラクターを改変し、さらにはもう一つ、極めて大きな変更を施した。その変更のために、悠人は数十もの稿数を重ねなくてはならなかった。

琴葉はそんな物語に対してどんな感想を抱くだろうか。

泣くだろうか、笑うだろうか、それとも怒るだろうか。

願わくは、絶望に沈もうとしている彼女の心を、少しでも助ける力になってくれれば。

ただ彼女のために書いた物語なのだから。

それから時間はゆっくりと過ぎていった。

そろそろだろうかと時計に視線をやって、十分も経っていないことに気付くというのを何度も繰り返した。

スマホを見たり、本を読んだりして時間を潰そうとしたが、ひたすらに目が滑って何も頭に入ってこなくて止めた。

情けないな、と思う。

執筆には全力を尽くした。

現実と物語の境界が曖昧になるほど執筆に没入し、主人公の蓮《れん》とひよりの想いに自分の感情をどこまでも深く重ねた。それはまるで深海に潜るようで、ときに呼吸すら忘れた。

以前の悠人にとって、執筆とは頭の中にある物語を文章に落とし込む作業だった。

けれどあの二ヵ月だけは違った。

執筆中、悠人は物語の中を生きていた。

登場人物たちの隣で、彼らの息遣いを感じ、言葉を聞き、その表情を見た。

そんな創作は生まれて初めてだった。

だからこそ、自信が持てないでいる。

もし琴葉の心を動かすことができなかったら、彼女を失望させてしまったら——

いや、考えるのはよそう。

「そろそろか……」

人生でいちばん長い三時間が過ぎて、悠人は立ち上がった。

ドアをノックすると、中から「どうぞ」という声が返ってきた。

中に入ると、琴葉がベッドの上で身体を起こし、こちらを静かに見ていた。その膝の上には本が表紙を上にして置かれていた。すでに読み終わったのだろう。

先ほどの動揺はすでになく、どこか冷たさすら感じさせる表情だった。

感情の綻びも見えないような彼女の顔に、悠人はぎゅっと心臓を握られるような感覚に襲われた。

けれど入り口で立ち止まっているわけにもいかないし、逃げ帰るわけにもいかない。

悠人はゆっくりと息を吐き、ベッド脇の椅子に腰掛けた。

「読みました」

琴葉が淡々と告げてから、視線を下げて言葉を続ける。

「よかったと思います」

本当に？

思わずそう聞き返したくなるような態度だった。

目を伏せたままにこりともせず、口から出てくるのは事務的な言葉。

口の中がからからに渇いていくのを感じた。

「……どのあたりが、よかった？」

「どのあたりって……」

琴葉の顔にようやく表情らしい表情が浮かぶ。けれどそれは困惑の色で、悠人が望んでいたものとはかけ離れている。ただ自分の質問が彼女を困らせただけだ。目も合わせてくれない。

「えっと……難病モノに死神っていうファンタジー要素の組み合わせが、劇の脚本のときより洗練されてました。あとストーリーもキャラもよく練られていました。さすが冬月春彦という感じで」

いつだか聞いたことのあるような、あまりに当たり障りのない感想だった。悠人に催促されて無理矢理捻《ひね》り出《だ》したような。

以前一緒に創作していたときに彼女がくれた、震え上がるほどに的確なダメ出しも、こちらを心底喜ばせてくれるような称賛も、どちらもなかった。

蓮とひよりのドラマで泣かせることも、彼らの掛け合いで笑わせることもできなかったのだろうか。

自分の小説は、そんなにも彼女の心に届かなかったのだろうか。

それは考え得る限り最悪の結果。

恐れていたことが、現実になってしまった。

悠人は目を閉じ、深く息を吐いた。
失望と後悔が胸の内に冷たく広がっていく。
身体の奥底から熱が奪われて、内臓が凍り付いていくようだった。
渾身《こんしん》の小説は、ただの独りよがりだったと思い知らされて。
「これからのご活躍、期待してます、冬月先生」
目を開けると、明らかに作り笑いと分かる微笑みを琴葉が浮かべていた。
悠人は息を呑み、徐《おもむろ》に立ち上がった。
「……ありがとう。それじゃ、また」
琴葉に背を向け、ふらりと足を踏み出す。
また？　またって、何だ？
次の機会があるとでも思っているのか。
彼女はもう数日も保たないと医者から言われているのだ。
このままここを去ってしまったら、もう二度と彼女に会うことはできないのだ。
それは駄目だ。
確かに自分の小説は、少しも琴葉の心に響かなかったかもしれない。
全く理解してもらえなかったのかもしれない。
それはショックだった。

だが、それならもう恥も外聞も、小説家としてのプライドもかなぐり捨てるしかないじゃないか。

琴葉に呆れられようが軽蔑されようが、構うものか。

綺麗《きれい》に諦めて彼女の前を去ることだけはしてはいけない。

それはこの三年間で得た数少ない教訓だ。

言葉を尽くさなければ伝わらないことがあるのだ。

悠人は数歩歩いてから足を止め、大きく深呼吸をしてから振り返った。

「夏目、僕は——」

けれど、喉元まで出かかった言葉は途切れた。

そこには驚いたように目を見開いた琴葉がいた。

大切そうに胸元に本を抱いて、その瞳からはぽろぽろと大粒の涙が零れていた。

「え……？」

悠人が振り返るとは思っていなかったのだろう、琴葉は呆然と呟いてから慌てて涙を拭った。

しかし涙は大きな目から際限なく溢れ出てくる。

「や、やだ……。なんで……」

琴葉は必死で涙を拭うが、それは全く意味を成さなかった。

彼女の冷淡だった表情がぼろぼろと崩れていく。

涙と鼻水でべしょべしょに濡《ぬ》れて、まるで泣きじゃくる幼子のように顔が歪んでいく。

悠人は啞然とした。

先ほどまであんなにも淡泊だった琴葉の変化に、全く頭が追いつかなかった。

そんな悠人の脳裏に、彼女と過ごした日々の記憶が蘇ってくる。

夏の日に突然悠人の前に現れて、小説を書けと言い放った琴葉。

真夜中まで創作について語り合い、一緒に一つの脚本を創り上げた。

文化祭でともに演劇の成功を喜んだ。

小説を書けという彼女を諦めさせるために、過去を告白した。けれど彼女がそれで諦めることはなく、逆に悠人に過去の傷を乗り越えさせた。

けれど、彼女は病で倒れてしまって。

転院の間際には悠人の背中を押すため、敢《あ》えて担当を降りた。

一つ一つの行動が、彼女のなけなしの命と時間を代償にしたものだった。

そうだよな、と悠人は思う。

そんなにも必死で得たものを前に、平静でいられるわけがない。

仮にその出来が悪かったとしたら、こんなふうに淡々とした態度をとれるはずがない。

泣いて取り乱したっていいはずだ。どうしてこうなったのか怒ったっていいはずだ。

彼女は自分の想いを押し隠そうとしていた。

そしてそれが決壊した。

「な、なんで振り返っちゃうんですか……」

ひっくひっくと息を詰まらせながら琴葉が抗議する。

もうその涙を隠すことも諦めて、べたべたの顔で。

「せっかく、我慢してたのに……、担当編集として冷静、に……、読もうとしてたのに
……あと少しで、隠せたのに……っ！」

ぽろぽろと涙を零しながら、琴葉が泣きじゃくる。

「こ、こん、な、小説、ずるい……」

言葉とは裏腹に、ぎゅっと愛《いと》しげに本を抱き締める。

「……つまらなかったか？」

その問いに琴葉はだだをこねるように首を振った。

「分かってるくせに……そんなはず、ない、じゃないですか……」

琴葉は喘《あえ》ぐように呼吸をして、やっとのことで言葉を口にする。

「すごく感動しましたよ！　ご覧の通り、めちゃくちゃです……っ！　編集者として冷静に読もうとしたのに、気付いたらこんな状態ですっ！」

「どうして……隠そうとしたんだよ」

「だって、だって……！　どうしていいのか、分からなかったんです……！」

まるで睨《にら》むように悠人を見て、琴葉は洟を啜《すす》った。

「これはわたしの知ってる物語で、でも全然違う物語でした。蓮とひよりの悲運に切なくて……哀《かな》しい気持ちになって、それで泣くことはあるかもしれないって、そう思ってました。でも、でも……この、物語はっ……！　そうじゃ、なかった」

「うん、そうじゃない。死神の蓮と、死に至る病を抱えたひよりが出会って、何人もの死と向き合う中で互いへの想いを深めていく。やがて二人で死の運命から逃げようとして、でも最後はひよりが死を受け入れて蓮が送る。劇の脚本ではそうだったな」

「そうです……それが、一緒に創った脚本のお話、だったじゃないですか……！」

夏の夜に悠人の部屋で二人きりで物語を練ったことが脳裏に蘇る。

遠い昔のことのようにも、つい昨日のことのようにも感じられる、その記憶。

「この物語は、ひよりの死へ至る道のりを描くものだったはずです。なのに、どうして……っ！」

琴葉が荒い息を吐く。

「どうして、ひよりの死の運命を乗り越える物語に――『生』を勝ち取る物語に、変わってるんですか……！」

病室に琴葉の切なげな声が反響する。

「そんなの、理由は簡単だろ」

「簡単……？」

「何だ、読んでないのか」

「読んでない……？　最後まで読みましたよ……？」

琴葉が怪訝そうに首を傾げる。

「奥付は？」

「えっ……？」

琴葉は慌てて手元の本の奥付を開く。そこには通例どおり、著者名や出版社、発行日などが記載されており、しかしその中央に——

『この物語を君に捧ぐ』

そんな、一人の少女への献辞が記されていた。

「……っ！」

琴葉が目を見開き、言葉に詰まる。

「そういうことだよ」

「……こんなところに献辞なんて非常識です」

琴葉は呆れたように言って、それからそっと献辞を指でなぞる。

「わたしのために……物語を歪めたんですか？」

その問いに悠人は苦笑した。

「劇の脚本を小説にするにあたって、ストーリーを大きく変えたのは事実だ。だけど、僕はそれを『歪めた』とは思ってない」


「新しい物語を生み出したんだと、そう思ってる」


呆然とする琴葉の手をそっと手に取る。

細く、けれどしなやかなその手を大切に握る。

「……決まってしまった死の運命に逆らうことは死神には許されない。だからひよりは死の運命を受け入れて、蓮に冥府へ誘《いざな》ってもらった。それが元の物語の結末だった。だけど、この新しい物語はそこからさらに大きく展開する」

琴葉は小さく頷き、悠人の言葉を受け取って先へと繋ぐ。

「それなら死の運命が定まる前に何とかしてしまえばいい。蓮はそんなとんでもない発想をします。過去にタイムスリップをして、元の歴史よりもずっと早く病気が発覚するように仕向けて病気の進行を遅らせて、さらに製薬会社で頓挫しそうになっていた難病の治療薬の開発プロジェクトを立て直します。そうやって現代のひよりが病気で死んでしまう運命をなかったことにしてしまう……」

その結果、ひよりと蓮の出会いもなくなるはずだったが、職務を遂行する蓮をひよりがたまたま見かけてしまうという改変前の時間とよく似た——しかしひよりが死の運命を抱えていないという点で決定的に異なる——邂逅《かいこう》を果たしたところで物語は終わる。

元の物語は哀しく美しい結末だった。

しかし新しい物語は、希望を湛《たた》えたハッピーエンドに他ならない。

琴葉は深く息を吐く。その吐息は震えていた。

「お話が乱れてるし、ご都合主義もいいところです。もし事前にこのプロットを見せてもらったら、たぶんわたしはリテイクを出すと思います。それなのに……っ！　蓮とひよりが救った人たちが過去の世界でのキーパーソンになってその想いが積み重なって、そこに蓮のひたむきで死に物狂いの努力が合わさって——気付いたら没頭していましたっ！　何も考えられなくなって、蓮やひよりになりきってましたよ！　こんなの、ほとんど熱量だけで面白くなったようなものです。完全な力業で、荒々しくて、全然、冬月春彦らしくないのにっ……」

「……僕らしくないのに？」

「どんな物語よりも、心に響いたんですっ！」

それから琴葉は恨めしそうに悠人を睨み、やがて観念したように情けなく眉尻を下げた。強い力で、悠人の手を握り返してくる。

「……生きたいって、思ってしまったんです！」

そんな言葉が病室に響き渡る。

悠人は泣きじゃくる琴葉を見て、小さく息を吐いた。

「よかった……」

きちんと届いていた。

悠人が物語に込めた想いは、いちばん届けたい人の心に。

「な、何がよかったんですかっ！　全然よくないですよ！　分かってますよね⁉　わたしはもう――」

「蓮とひよりみたいに、足掻いて、生に執着して、未来を摑《つか》んでみたいって、そう思ってくれたってことだろ？」

あの物語を読んで生きたいと願うということは、きっとそういうことなのだと悠人は思う。果たして琴葉は言葉に詰まり、それから「うーっ！」と唸《うな》ったかと思うと、両腕を振り上げて悠人に殴りかかってきた。

けれど、その腕は力なく悠人の胸に振り下ろされる。額を悠人の胸に押し当てて、琴葉は何度も何度も叩く。少しも痛くなかった。

悠人は大人しく叩かれながらゆっくり口を開いた。

「手術を受けて欲しい」

琴葉の手が悠人の胸の上で止まる。

悠人は囁《ささや》くように、しかしはっきりと言葉を重ねた。

「生きて欲しいんだ」

彼女の手は小刻みに震えていた。

「ずるい……」

琴葉は肩を震わせた。

「言ったじゃないですか！　言語障害が残ったらもう編集者として先輩の横に立つことはできなくなる。ううん、それだけじゃない。大切な物語が、わたしの人生からなくなっちゃうんです。そんなの耐えられません……。怖いんですっ！　それなのに……」

「それでも、僕は夏目に手術を受けて欲しい。夏目に、生きて欲しい。生きて、これからも傍《そば》にいて欲しい。夏目じゃないとだめなんだ」

「うう……そんな恥ずかしいこと、言わないでくださいよ……。人でなし……」

「いいよ、人でなしで。僕は何だってする。僕には小説くらいしか能がないけど、夏目が生きる選択をしてくれるなら、その先だって同じだ。僕にできることは、何かないか？」

その問いかけに少し間が空いた。

「何だって……ですか？」

「ああ」

「じゃあ……もし、わたしが手術を受けたとして、その結果、本を読めなくなったら、」

そこまで言って、琴葉の言葉は宙に浮いた。

それがまた次の言葉に繋がったとき、彼女の声のトーンは少し落ちていた。

「……わたしのことは、放って置いて欲しいんです」

「夏目……」

「本を読めなくなって、そんな状態で先輩に会うなんて、そんなの耐えられません」

琴葉が顔を上げる。

彼女は曖昧に微笑んでいた。目の端に大粒の涙を浮かべて。

それが彼女の本心でないことくらい、悠人にも分かる。さっき言葉に詰まったとき、彼女はもっと別の望みを言おうとしたに違いない。けれど悠人を気遣って遠慮したのだ。

「いやだ」

「え……？」

琴葉は微笑みを浮かべたまま、その表情を固めた。

「あ、あの、先輩……？　何だってするって……」

「できることは、だ。それはできない。もし読めなくなったら……」

「よ、読めなくなったら……？」

「スパルタだ。僕は何作でも小説を書いて、夏目に読ませる。二四時間、三六五日、小説漬けだ。夏目がまた読めるようになるまでリハビリをする。いつまでも、一生だって」

「何作も……　一生……？」

琴葉は唖然として悠人を見つめる。

「そうだ。夏目に手術を受けて欲しいのも、傍にいて欲しいのも、どっちも僕の我儘《わがまま》だ。だからそのくらいの責任は取るし、取りたい。だから僕が責任を取れなくなるような頼みはだめだ。その上で、僕にできることがあればする。何でも言ってくれ」

琴葉は目を瞠《みは》ったまま悠人を見つめていたが、やがてはっと我に返った。目の色が少し変わっている。

「……三ヵ月に一作」

「え？」

「三ヵ月に一作のペースで書いてくれますか？」

「え？　あ、ああ……」

かなりのハイペースだが、今回の件で得た執筆速度をもってすれば、クオリティを維持しながら書けるはずだ。大学に入学すれば今より時間が増えるはずだろうし。

「そのくらいなら、うん、何とかできると思う」

「あ、そうだ、それから――」

「まだあるのかよ……」

予想以上の食いつきに悠人は呆れていた。何でもするなどと言ったことを少しだけ後悔し始める。

「先輩がわたしのことどう思ってるか、教えてもらってもいいですか？」

意表を突かれて変な声が出そうになった。

「……それは関係なくないか？」

「ありますよ！　重要事項です！」

「それ、回答次第で手術受けるかどうかが変わったりしないよな……？」

だとしたら答えるのが怖すぎる。

「変わりませんよ。もう受けることは決まってますから」

「え……？」

今、こいつ、なんて言った？

さも当然のような顔をして。

「ええっ⁉　手術受けてくれるのかっ⁉」

「冬月春彦がわたしのために三ヵ月に一作新作を書いてくれるんですよ⁉　こんなおいしい賭け、乗らない方がおかしいです。もし手術のあとすごい幸運が起きて、わたしがまた本を読むことができるようになったら、冬月春彦の大量の新作を一気に楽しめるんですから」

「じゃあもう、さっきの質問答える必要ないんじゃないか……？」

「それとこれとは別です。責任とか、一生とか、色々際どいキーワードが出てますけど、肝心なことを聞いてません！」

「それ、もう答え分かってて聞いてるよな……」

「先輩の口から聞きたいです」

爛々《らんらん》と期待に輝く琴葉の目。

いつのまにか彼女から死の気配が消えていた。

代わりにあるのは未来への希望だ。

彼女の熱量には敵《かな》わないなと悠人は思う。
けれど、その火を熾《おこ》したのが自分の物語なのだと思うと嬉しくもあった。
「ああ、いいよ」
窓の外に視線を向ける。
雪雲の隙間から、幾条もの陽《ひ》の光が美しく差し込んでいた。
翌日、琴葉は手術を受けた。

エピローグ

「この原稿で入稿します。改稿、お疲れさまでした」

出版社の雑然としたオフィスの打ち合わせブースで、原稿を手にした稲村《いなむら》が言った。

「いえ、こちらこそありがとうございます」

「冬月《ふゆつき》先生、今、大学三年生よね？　就活しないってことは、専業作家でやってくことにしたの？」

「はい、そのつもりです。就職して兼業することも考えたんですけど、今のペースで書くにはやっぱり専業かなと」

悠人《ゆうと》の答えに稲村が頷《うなず》いた。

「冬月先生なら専業でも絶対大丈夫よ。年に四、五本のペースを続けてるし、売り上げもかなりいい。定期的に重版もしてるし、しばらく書かなくても印税だけでやっていけるんじゃない？」

稲村の冗談に悠人は首を振った。

「書きますよ。あいつとの約束だから」

「そっか。そうよね」

稲村は微笑を浮かべ、それから打ち合わせブースの近くの本棚に挿された一冊の本に目を遣った。

「あれからもう二年以上経《た》ったのかあ……」

二年と少し前に刊行された『死神に大切なこと』は、書店売り上げやレビューサイトなどの各種ランキングで一位を独占。ＳＮＳでの口コミが爆発的に拡散され、発売一週間で数万部の大重版を達成。その後も重版を続け、記録的な売り上げとなった。コミカライズや映画化も進められ、近年稀《まれ》に見る話題作となり、さらには高校全国演劇大会でそのプロトタイプが脚本として使用され、上演校は最優秀賞と創作脚本賞の二冠を達成。小説版よりも切なさを際立たせたこのプロトタイプは、アナザーストーリーとして刊行までされた。

結果的に『死神に大切なこと』は冬月春彦《はるひこ》の復活を知らしめると同時に、これまで彼のことを知らなかった人たちにもその名を轟《とどろ》かせた出世作となったのだ。

「夏目《なつめ》さんは元気？」

「はい、元気ですよ」

「そう……それならよかった。また今度、皆で食事でもしましょう。遙香《はるか》ちゃんも含めて、ね」

「はい。夏目も遙香も喜ぶと思います」

稲村は躊躇《ためら》ったように少し間を空けてから、口を開く。

「私たちの編集部はいつまでもあなたを待ってるって、夏目さんに伝えてくれる？　あ、でも、それが夏目さんへのプレッシャーになりそうだって冬月先生が思うなら――」

「伝えておきます。きっと、あいつの力になりますよ」

悠人の言葉に稲村はほっとしたように頰を緩めた。

「でも稲村さん、人事の権限なんてあるんですか？」

「そのくらいねじ込める立場にはなったのよ。もちろん、誰彼構わずコネで採用するわけじゃないわよ。私がそれだけ夏目さんの力を信用してるってことだからね」

「それも伝えておきます。喜ぶと思いますよ」

それから悠人は稲村と次の企画の話をして、東京都文京区《ぶんきょうく》にある出版社を後にする。

外に出ると、七月の日差しが肌を焼いた。

護国寺駅《ごこくじえき》でメトロに乗り、池袋《いけぶくろ》で降りる。

ジュンク堂書店に着いて、文芸のフロアで悠人は目当ての姿を見付けた。

彼女は新刊の平積みされたコーナーで、本を手に取るでもなくじっと色彩豊かな単行本の表紙を眺めている。

「夏目」

そう声をかけると彼女――琴葉《ことは》はぱっとこちらを振り返った。

花のような笑みを浮かべ、琴葉は悠人に歩み寄ってくる。右脚を庇《かば》うような、注意深く見ればぎこちない歩き方で。

「先、輩。えっ、と……、その、はや……早かっ、た、ですね」

それはまるで言葉を探すような途切れ途切れの喋《しゃべ》り方で、けれど悠人はそのことを気にするでもなく応える。

「ああ。もう最後の微調整だったからな。ところで、何見てたんだ？」

悠人の言葉に琴葉は少し間を置いてから、

「す、みません、あの……も、もう、一度」

「何を、見てたんだ？」

文節を区切るようにゆっくり喋ると、今度は伝わったようだった。

「冬、月春彦、の、本が、い、いっぱい、あって、すごいなって。ほら、これ、えっと……ポップ、もありますよ。えっと……」

琴葉はポップを見つめて固まる。

「『二十万部突破！』って書いてあるな」

「……すごい、ですね。この前、発、売された、ばっかりです、よね、この本」

「ああ。稲村さんも、喜んでた」

努めてゆっくり話す。

二年半前、琴葉は脳の手術を受けた。

その手術自体は成功だった。病変部位は完全に摘出され、今のところ再発はない。

だが、懸念だった言語障害が残った。発話と書字、そして読字に。耳で聞いて理解する能力は比較的保たれたが、それも十全ではない。それから、僅かに右脚に麻痺《まひ》が残った。

「早く、本、よ、読めるよう、に、なりたいな」

特に読字については後遺症が強く、当初は全く文字が読めない状態だった。本人の懸命な努力と、悠人を含めた周囲のサポートで僅かずつ回復していったが、まだすらすら文字を読める状態ではない。特に表意文字である漢字より、表音文字の仮名を読むのに時間がかかる。悠人が次々と生み出す新作を彼女が読むことは叶《かな》わなかった。

不意に、琴葉の表情に翳《かげ》りが差す。

「夏目？　どうかしたか？」

「先、輩。行きたいところ、があり、ます」

「行きたいところ？」

「……久しぶりだな」

山に囲まれたその町は、東京とは比べものにならないほど緑が眩《まぶ》しく、夏の匂いが濃厚だった。田圃《たんぼ》では青々とした稲が風にそよぎ、遠く青空に浮かぶ入道雲に蝉《せみ》の音が吸い込まれていく。

悠人と琴葉は新幹線と電車を乗り継いで三時間以上かけ、かつて二人が通った高校のある岐阜の町に来ていた。二人ともこの町に実家があるわけではなかったので、訪問は悠人にとっては卒業して以来、琴葉にとっては東京に転院して以来だった。

「どうしたんだよ、突然」

無人駅のホームに立ち、静かに町の風景を眺める琴葉の横顔に悠人は訊《き》いた。

少し意外だった。

この二年以上の間、琴葉はその時間の大半を、言葉を取り戻すためのリハビリに費やしてきた。

病院に通って言語聴覚士とのリハビリに取り組むのはもちろん、自宅ではひらがなのワークブックをやり、漢字ドリルをこなし、絵本や童話の音読と黙読を繰り返す。

悠人はそんな琴葉の寸暇を惜しむ懸命の努力を、恋人として傍《そば》でずっと見てきた。

だから、彼女がこんなふうに思いつきで遠くに行こうなどと——ある意味で時間を浪費するような提案をしたことはなかった。

「行き、ましょう」

悠人の問いに琴葉は答えず、代わりにそう言った。

少し不安になったが、それ以上問うことはできなかった。

「あっち、へ」

駅の近くでレンタカーを借りて、琴葉の言葉に従ってゆっくり走らせる。

二人が出会った高校で、後輩たちが部活をしている姿を遠目に見て、
琴葉が田圃に転げ落ちた、当時より少しだけ綺麗《きれい》に舗装された農道を抜け、
悠人が脚本を書くきっかけになった演劇部の試演が行われた劇場を通り過ぎ、
当時二人で朝まで脚本を練り、今は別の住人の住むかつての悠人のアパートの前で少しだけ停車して――

そうやって、かつて自転車で琴葉を後ろに乗せて走り、あるいは一緒に徒歩で通った風景を、今は自動車の窓越しに眺めながら、それでもできる限りゆっくり走った。

三年という月日は何もかもを変えるには短すぎ、けれど何もかもが同じであるには長すぎて、懐かしさと目新しさのモザイクが悠人の心に微《かす》かな郷愁をもたらした。

琴葉は、どんな想《おも》いでこの町に来たいと言ったのだろう。

今、この風景を見て何を思うのだろう。

「夏目――」

「停《と》め、て、ください」

やがて日が傾き、川にかかる橋にさしかかったところで琴葉が言った。

悠人が車を停めるなり、琴葉は助手席から降りて橋へとぎこちなく歩いていく。橋に辿《たど》り着《つ》く前に、横断歩道を渡って反対側の歩道へ移動した。

「あ、おい、待てよ」

悠人も後について車を降りたが、タイミング悪く横断歩道の信号が赤に変わってしまう。

悠人が信号で立ち往生しているうちに、琴葉はゆっくりと橋の中程まで歩いていき、それから欄干に手をついた。

その光景に全身の血の気が引いた。

「夏目！」

彼女の背中がひどく遠く見えて、世界から彼女がいなくなってしまいそうな恐ろしさを感じた悠人は、思わず叫んで走り出した。

行き交う車の隙間を縫って車道を渡りきる。

琴葉が驚いたように振り返ったのと、悠人が彼女の身体《からだ》を抱き留めたのはほとんど同時だった。

「早まるなよ！」

「え？」

琴葉が怪訝《けげん》そうに首を傾《かし》げる。

「え……って、え？　だって、今、橋から飛び降りようと……」

「して、ません」

琴葉が呆《あき》れたように苦笑する。

自分の勘違いに気付いた悠人の全身から力が抜けていく。

「あ、焦った～。紛らわしい……」

「ごめん、なさい。そう、ですよね。ここは、だって」

「ああ。夏目が、僕の挑発を買って、川に飛び込んだ場所だ」

小説のためなら命を懸けると言い切った琴葉が川へとその身を投じた光景は、今でも悠人の脳裏に焼き付いている。

「ふふ。先輩の、焦っ、た顔、面白、かった」

「笑うなよ……本気で、心配したんだから」

抱きしめたままになっていた琴葉を、悠人はそっと解放した。

そしてため込んでいた疑問をようやく口にする。

「夏目、どうしたんだよ。どうして、ここに来たんだ」

まるで思い出を辿るような道程は懐かしく楽しいものではあったが、二度とあの頃に戻れないことを感じさせるものでもあって、琴葉がよからぬことを考えているのではないかと邪推してしまう程度には寂しさに溢《あふ》れていた。

琴葉は欄干に手を置いてもたれかかり、夕日に煌《きら》めく川面《かわも》に目を遣った。

数秒の躊躇いの後に、口を開く。

「こ、の二年、で」

懸命に語られる琴葉の言葉に、悠人はじっと聞き入った。

「先輩、はどんどん、前、に進むのに、わ、わたしは全然、追い、つけない。先輩、が、えっと……ずっと、遠く、に行っ、ちゃったみたいな、そんな、気、持ちになっちゃい、ました」

「夏目……」

「だか、ら、あ、あの頃、の、気持ちを……迷い、なんて、一つ、もなかった、あの頃、の気持ちを、思い出し、たくて」

だから、かつて必死で創作に向き合っていた場所を訪れた。

そんなことない、と悠人は言おうと思った。

琴葉はこの二年間、言葉を取り戻すため、たゆまぬ努力をしてきた。

その回復の速度に驚いた医者が、このまま行けばいずれ以前と変わらない言語能力を取り戻すことも可能かもしれないと感嘆していたほどだ。

琴葉はそのくらいの努力と進歩をしたのだ。

だから——

「で、も」

悠人が口を開くより先に、琴葉が言葉を継いだ。

彼女が懸命に紡ぐ言葉を遮ることなど、悠人にできようはずもない。

「そん、な、必要、なかった、って、お、思いました」

「え……？」

「わたしは、言、葉を、失ったら、物語、も、失っちゃう、んだって、思って、ました」

だから彼女は手術を受けることを拒み、死を選ぼうとした。

「でも、そう、じゃ、なかった」

「そうじゃ、なかった？」

琴葉の言おうとする意図が分からず、悠人は彼女の横顔を見た。

穏やかな表情に、川面に反射した夕日が揺らいでいる。

「わた、しを支、えてくれた、も、物語は、小説は――冬月、春彦の、小説は、ちゃんと、わたし、の《の》心に残って、今、もわ、たしを、支えて、くれています」

悠人は息を呑んだ。

言葉が失われても、かつて出会った物語は彼女の心の一部となっていた。決して消えることなく、そこにあり続けたのだ。

「冬、月、春彦の、えっと……新作、だって、そうです。わたし、は、小説を、読むことは、まだ、で、できない、けど、え、映、画や、ドラマ、なら、観《み》て、聴いて、物語を感じる、ことができる。それ、は、冬、月春彦の、物語、の断片、かもしれないけど、ま、また、小説、を読めるよう、になり、たい、と、思わせ、てくれます……ま、前に進む、ための、力を、くれるん、です」

懸命に言葉を探りながら、琴葉は話す。

その姿がひどく尊く愛《いと》おしく感じられて、悠人はこみ上げるものを必死で堪えた。

彼女の言葉を、想いを——その一字一句を聞き逃したくなかった。

「ここ、に来て、わたし、は、そのこ、とに、気付きました」

「夏目……」

どうして彼女はそのことに気付けたのだろう。

本当のところは悠人には分からない。

けれど、この二年以上の時間をずっとリハビリに費やしてきた琴葉は、この町に来てようやく今と、過去と、そしてこれからのことを見つめ直すことができたのかもしれない
——悠人はそう思った。

彼女がこの場所に来て得たものが、過去への拘泥でもなく、現在への失望でもなく、未来への希望だったというのなら、それは何よりも喜ぶべきことだ。

琴葉が穏やかな笑みを浮かべて悠人を見つめる。

「わたし、は、絶、対に、また、本、を読めるよう、に、なって、みせます。だから、先輩、これから、も、たくさん、たくさん、物語を、書い、てください、ね」

さっと風が吹き、琴葉の髪を美しくさらっていく。

悠人は迷わず頷いた。

「ああ。きっと、必ず、いくらでも、君のために」

二年半前のあの日から、自分はいつだって、君のために小説を書いてきた。

たった一人、他でもない、君のために。

これまでも、これからも、それは変わることはないだろう。

夏の夕暮れの風が川面を揺らす。

橋の上で二つの影がゆっくり溶け合った。

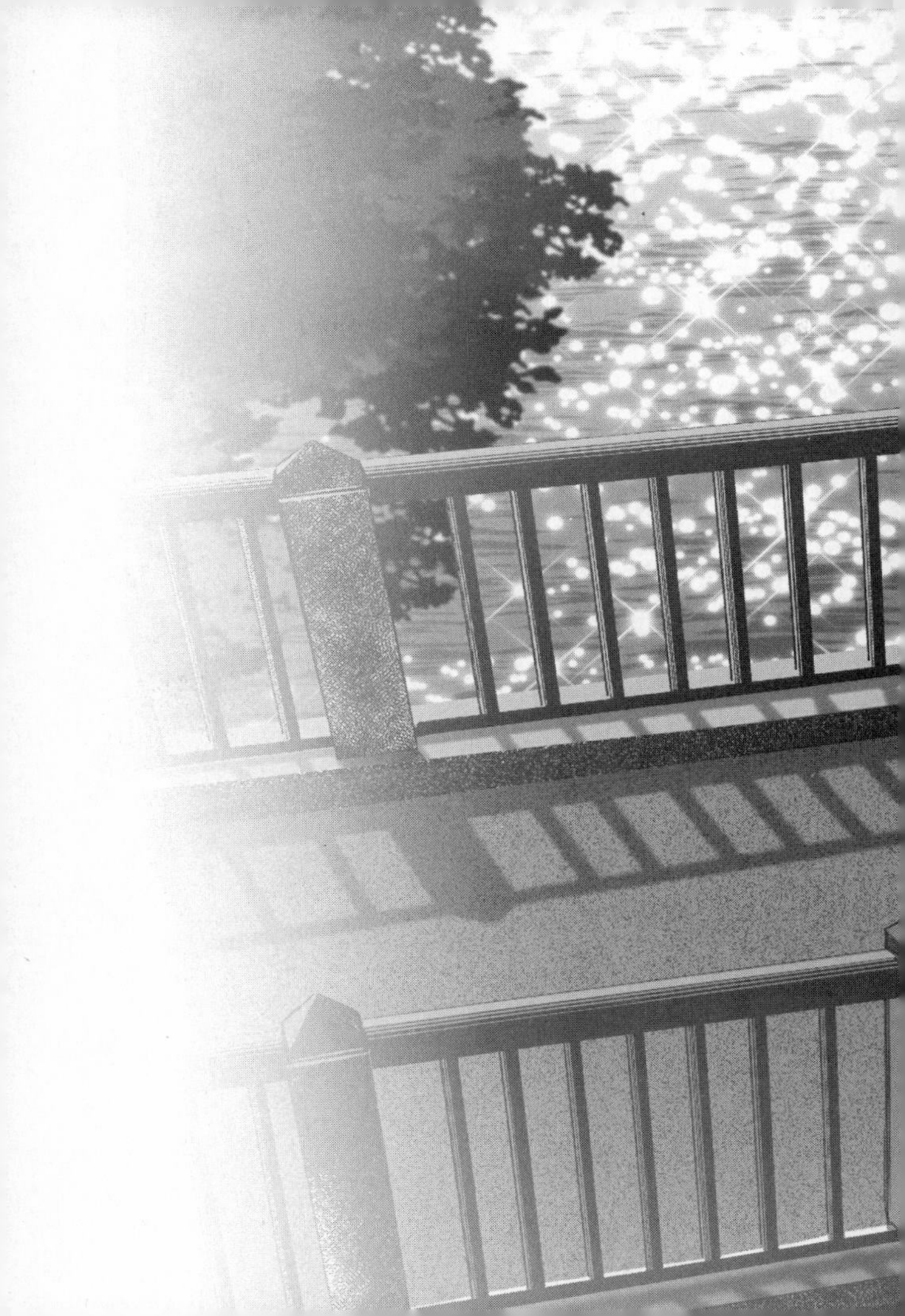

あとがき

本編の内容に触れますので、読後にお読みください。

ブルーライト文芸という言葉を知ったのは、この本の入稿を終えた頃でした。SNSでたまたま見かけたのだと思います。

いわく、田舎や郊外の夏を舞台にし、ヒロインとの出会い、そしてその消失に至るまでの小説ジャンルのこと。『青色基調の表紙が多い傾向』と『ライト文芸』にちなむ。

言われてみれば、確かに最近はジャンルとして括ってもよいほどにそういった大筋の本が増えていて、巧い名付けだなあと感心したものです。そして、本作はこのブルーライト文芸というのに分類されうる一作なのだろうとも思いました。本作は、緑豊かな地方の高校で、夏の風とともに颯爽と現れたヒロインとの出会いから始まり、やがて彼女の死に至る運命と向き合う話なのですから。

私が本作を書こうと思ったのは五年以上前のことで、ブルーライト文芸という言葉も多分まだありませんでした。それでも、すでにその源流となる名作がいくつも生まれており、私が本作を書き始めた動機としては、それらの作品群に触発されたというのは多分にあると思います。

当初のプロットでは、それらの先行作品に倣《なら》って琴葉《ことは》との出会いから彼女の消失（＝死）までを描くつもりでいました。けれど、執筆が進むにつれて、悠人《ゆうと》と琴葉はそんな私の目論見から次第に外れ、勝手に行動するようになっていきました。

私の立てたプロットなんか、知ったことではないと言わんばかりに。

もちろん、私は作者ですから軌道修正することもできました。

でも、彼らの不器用で、けれど力強くしなやかな生き方を見せつけられて、そんな選択をすることはとてもできませんでした。

だから本作は『生きる』物語になったのです。

以下、謝辞です。

この物語を世に出す機会をくださった講談社ラノベ文庫の庄司様と上野様には深く感謝しております。庄司様には行き場のなかった原稿に面白さを見出していただき、刊行の機会をいただきました。上野様には辛抱強く改稿にお付き合いいただき、また、いつも的確なアドバイスをいただきました。

イラストレーターの雪丸《ゆきまる》ぬん様には、悠人と琴葉の物語を、ときに情熱的に、ときにコミカルに、またあるときは胸を締め付ける切なさで、表情豊かに彩っていただきました。表紙のイラストの構図は、当初は今のものと違っていたのですが、雪丸様のご提案で今の形になりました。大変素晴らしい仕上がりになったと思います。

最後に、読者の皆様へ。

本作をお手にとっていただき、ありがとうございました。

皆様の中で、悠人と琴葉がいつまでも力強く物語を創り続けていると嬉しいです。

令和六年　花の便りの聞こえる頃　森《もり》　日向《ひなた》

ファンレター、
作品のご感想を
お待ちしています。

あて先

〒112-8001　東京都文京区音羽2-12-21
(株)講談社ライトノベル出版部 気付

「森　日向先生」係
「雪丸ぬん先生」係

より魅力的で楽しんでいただける作品をお届けできるように、
みなさまのご意見を参考にさせていただきたいと思います。
Webアンケートにご協力をお願いします。

https://lanove.kodansha.co.jp/form/?uecfcode=enq-a81epi-49

講談社ラノベ文庫

この物語《ものがたり》を君《きみ》に捧《ささ》ぐ

森《もり》日向《ひなた》

2024年4月30日第1刷発行

発行者	森田浩章
発行所	株式会社　講談社 〒112-8001 東京都文京区音羽2-12-21
電話	出版　(03)5395-3715 販売　(03)5395-3605 業務　(03)5395-3603
デザイン	モンマ蚕+タドコロユイ(ムシカゴグラフィクス)
本文データ制作	講談社デジタル製作
印刷所	株式会社ＫＰＳプロダクツ
製本所	株式会社フォーネット社

KODANSHA

ISBN978-4-06-535732-3　N.D.C.913　327p　15㎝
定価はカバーに表示してあります

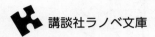